怒濤《どとう》

鹿取警部補

【主な登場人物】

鹿取　信介（56）　警視庁刑事部捜査一課強行犯三係　警部補
山賀　勇（54）　同　警部
吉田　裕美（29）　同　巡査部長
黄　志忠（42）　中国料理店『黄龍楼』　専務
佐川　健一（28）　フリーター
米村　政夫（51）　中野署刑事課捜査一係　巡査部長
松本　祐二（47）　合同会社『M&M』　専務
浅井　友也（44）　警視庁公安部公安総務課　管理官

まぶたが重くなってきた。

鹿取信介《かとりのぶすけ》は両腕を左右にひろげた。よどむ空気を動かしたかった。

五十年輩の刑事が書類にペンを走らせている。手を休めて思案することもなく、一定のリズムで文字を書き連ねた。中野署刑事課捜査一係の米村政夫《よねむらまさお》。凶悪事件で中野署に出動したさい幾度か会話を交わした。

正対する男がおくびを放ち、長い髪を掻《か》きあげる。黄色のパーカーに迷彩模様のカーゴパンツ。小柄で顔もちいさい。額の生え際に二センチほどの裂傷痕がある。

その男の背後に三十歳前後の刑事が立っている。壁にもたれて腕を組み、射るような目つきで取り調べを受ける男を見つめていた。

巡査部長の京山《きょうやま》だったか。米村に紹介されたが、そのうち名前も顔も忘れる。

鹿取は脚を組み直し、首をまわした。一刻も早く取調室を出たい。退屈なうえに、被疑者のふてぶてしい態度や小馬鹿にしたようなもの言いがうっとうしい。

しかし、我慢するしかない。自業自得ともいえる。いらぬ節介を焼いたことがこういう状況をつくってしまった。

二時間ほど前のことである。

前方から走ってくる男に「どけ」と叫ばれ、つい足をだした。男は路上に転がり、追って来た二名の制服警察官に取り押さえられた。

その場から立ち去るわけにもいかず、中野署に同行した。事情を説明して退散するつもりだった。が、米村から取り調べに立ち会うよう要請された。

ペンを置き、米村が顔をあげる。

「これから供述調書を読む。間違いがなければ、署名捺印《なついん》しなさい」

紋切り口調で言い、書類を手にした。

長髪の男は返事どころか、頷《うなず》きもしなかった。

「被疑者の本籍、岐阜県大垣市赤花町《あかばなちょう》〇丁目〇―×△番地、住居、東京都新宿区大久保一丁目〇×―×△、結城《ゆうき》ハイム三〇一。職業、フリーター。氏名、佐川健一《さがわけんいち》。取調官、警視庁中野署司法警察員、巡査部長、米村政夫。取調の月日は平成三十年五月九日。場所、警視庁中野署。右の者に対する窃盗事件につき、本職は、あらかじめ自己の意思に反して供述する必要がないことを告げて取り調べたところ……」

抑揚のない声が室内に響く。

鹿取はジャケットのポケットをさぐり、煙草《タバコ》をくわえた。神経が苛立《いらだ》つのを見越して灰皿を持ち込んでいた。

京山が眉をひそめた。

被疑者の佐川が顔をむける。

「俺にもくれよ」

「署名が先だ」

鹿取はにべもなく言い、煙草をふかした。

「けっ」

佐川が口元をゆがめ、視線を戻した。

「続ける」

米村が声を発した。

佐川が両肘をデスクにあてる。

「刑事さん、始めから読み直してくれないか」

「何だと」

米村が語尾をはねあげた。

鹿取は椅子を蹴った。立ちあがりざま、右の拳を伸ばす。

鈍い音がし、佐川が椅子ごともんどりを打った。

京山が腰をかがめた。佐川を抱き、鹿取を睨《にら》む。顔が赤くなった。

「なんてことを……」

「うるさい」

ひと声放ち、鹿取は取調室から立ち去った。


翌日の昼下がり、麻のジャケットを左手に提げ、市谷のマンションを出た。

外堀通りの横断歩道を渡り、飯田橋方面へむかう。

濠《ほり》沿いの、桜の葉が茂る下を歩きたかった。風を求めた。陽射《ひざ》しはないが、気温も湿度も高い。きのうの雨のせいで肌がべたつく。

神楽坂《かぐらざか》下交差点の手前にある階段を降りた。水上レストランがある。アイスコーヒーと灰皿をトレイに載せ、濠と土手にはさまれたデッキを歩いた。

ランチタイムが過ぎたせいか、テーブル席は空きがめだった。

二人掛けの円形テーブルで、男がピッツァを頬張っていた。警視庁刑事部捜査一課強行犯三係の山賀勇《やまがいさむ》係長。上司である。

鹿取は無言でトレイを置き、山賀の前に腰をおろした。

紙ナプキンでくちびるを拭い、山賀が顔をむける。

「飲み過ぎて仕事をサボったのか」

「映画を観すぎた」

何食わぬ顔で言った。

きのうは中野新橋にある食事処『円《まどか》』に泊まるつもりだった。が、店を目前にして窃盗犯に遭遇した。『円』の客が路上の捕物劇を目撃したかもしれない。そんなふうに思うだけで煩わしくなった。我が庭のような赤坂で遊ぶ気分にもなれず、中野署からJR中野駅まで歩き、総武線の電車に乗って帰宅した。

風呂に入ったあとソファに寝転び、DVDを観た。STEVE McQUEEN主演の『ブリット』。McQUEENが出演する作品はほとんど観ている。森に囲まれた湖のように静かで穏やかな光を宿す目が印象的で、それは刑事に扮《ふん》しても犯罪者やギャンブラーの役でも変わることはない。酒と煙草をやりながら、『ゲッタウェイ』と『ハンター』も観てしまった。ベッドに移ったのは明け方である。

昼前に起床し、コーヒーを片手に新聞を読んでいるとき携帯電話が鳴った。電話での山賀の声は不機嫌そうに聞こえた。

——どこにいる——

——家だ。これから桜田門に行く——

——そこにいろ。俺がそっちに行く——

会いにくる理由は言わなかった。訊く気もなかった。会えばわかる。家に入れる気はないから水上レストランを指定したのだった。

「まったく」

投げやりに言い、山賀がピッツァをたいらげた。コーラを飲み、目を合わせる。

「しばらく本庁に顔をだすな」

「ん」

「いっそのこと、家で定年を迎えてはどうだ」

「それでもいいが……何があった」

答えず、山賀が手を伸ばした。鹿取の煙草を抜き取り、口にくわえる。

鹿取は火をつけてやった。

「勿体《もったい》つけずに言え」

「さっきまで中野署にいた。おまえの不始末の尻拭いよ」

「佐川とかいうガキのことか。やつが中野署を訴えたのか」

言いながら記憶をたぐった。

窃盗の被疑者は弁護士を依頼しなかったと思う。

「俺が行ったとき、五、六人の報道記者がいた。中野署の誰かがマスコミにリークしたらしい。おまえ、どこの署にも敵がいるようだな」

山賀が薄く笑い、煙草をふかした。

そんな話はどうでもいい。うかんだ疑念が声になる。

「被疑者はどうした」

「送検を諦め、釈放した。面倒を避けたんだろう」

「窃盗の被害者に訴えられるぞ」

「その心配はなさそうだ。被害者の女性は事件にする気がない。事情を聞いた刑事によれば、怪我はかすり傷、奪われたバッグも戻ってきたので警察沙汰にしなくてもかまわないと……煩わしいことのほうが先に立ったんじゃないか」

「ふーん」

鹿取は曖昧に返した。

窃盗事件は鹿取が被疑者と出会《でくわ》す十分前におきた。

――若い男が前を歩く女に声をかけ、二言三言交わしたあと、女を小突いた。女は壁にぶつかり、尻餅をついた。そのとき、通りかかった女が大声をあげた。若い男は転んだ女のトートバッグをひったくり、逃走した――

犯行現場で一部始終を見ていた地元住民の証言である。

被害者と被疑者の関係が気になる。

――赤の他人に道を訊き、邪険にされたのでかっとなった――

被疑者はそう供述した。

ストローをくわえ、視線をふった。

鉛色の濠のむこうを電車が走った。

のどかな風景だ。が、鹿取は顔をしかめた。近くで客が濠にパン屑《くず》を投げ、数十匹の鯉《こい》が口を開けて水面に群れている。気味の悪い光景だった。

山賀の声に視線を戻した。

「釈放しても記者どもは騒ぎ立てている。よほどひまなんだな。おまえの名前も知っていて、桜田門の記者も事実関係をさぐりはじめた」

「好きにさせておけ」

「言われるまでもない。が、上はおかんむりだ」

「で、自宅謹慎か」

「処分はせん。上は二次被害を恐れたのだろう。ほとぼりが冷めるまで桜田門に足をむけるなと、管理官からの伝言だ」

「あ、そう」

そっけなく返した。

警視庁にでむいたところでやることがない。強行犯三係は開店休業の状態である。ひと月前に目黒署管内でおきた傷害事件は二週間で解決した。おかげで、出動した強行犯三係の面々は交替でゴールデンウィークに休暇が取れた。

鹿取には関係ないことである。連休の過ごし方など考えたこともない。

山賀が煙草を消した。

「面倒をひろげるな」釘《くぎ》を刺すように言う。「ほとぼりが冷めたらゴチになってやる。おまえには貸しが貯《た》まっているからな」

にやりとして、山賀が腰をあげた。

鹿取は動かなかった。


東京メトロ飯田橋駅から東西線と千代田線を乗り継ぎ、赤坂駅で降りた。

赤坂通りを乃木坂方面へ歩き、赤坂五丁目にあるカラオケボックスの外階段をあがる。合鍵を使って三階の扉を解錠し、通路の手前の部屋も開けた。

二十平米ほどのフロアの右側にはバーカウンター、左には五、六人が座れるコーナーソファ。寝室も浴室もある。

十数年間、鹿取は我が家のようにここを使っている。

ジャケットをハンガーラックに掛け、バーカウンターに入った。

高価なボトルがならぶ棚からマッカラン18を取った。グラス、アイスペールと灰皿を運び、ソファに座る。くわえ煙草で水割りをつくった。

酒と煙草があれば時間を流せる。ひまができたからといって何かをやろうとは思わない。予定を立てるのはさらに嫌いで、相手が誰であれ先の約束もしない。

その理由を考えだしたら留処《とめど》がなくなる。

しいて挙げれば二十代後半と三十代の大半を公安部署で過ごしたせいか。あのころ、意識して友をつくらなかった。家庭を持つ気にはなれなかった。

人との縁を意識するようになったのは捜査一課に転属させられたあとである。

異動の直後は人間不信に陥り、荒《すさ》んだ日々を送った。孤独に生きる宿命とわかっていても、公安部署での活動が否定されたようなむなしさに襲われた。

やがて仲間ができた。いまも敬愛する元警察官僚とも巡り会えた。

それでも他人とは距離を置いてきた。

根が薄情なのか。感情に流されるのがこわいのか。

鹿取は己の気質や感情を斟酌《しんしゃく》したことがない。それこそ恐ろしい。

二杯目のグラスも空け、ソファに寝転がった。

どれほど寝ていたのか。物音がして目が覚めた。

「起こして、すみません」

松本祐二《まつもとゆうじ》がおおきな手を坊主頭にのせた。

身体《からだ》を起こし、腕の時計を見る。まもなく午後六時になる。

「オフィスをぬけだしてきたのか」

「はい。妹が口うるさくて」

松本がカウンターから出てきた。テーブルに白磁の皿を置き、ソファに座る。

鹿取は苺《いちご》をつまんだ。皿にはオレンジもある。煙草を喫《す》いつけ、話しかける。

「会社のカネを使い込んだか」

「滅相な。そんなことをすればクビになります」

このカラオケボックスは松本が経営している。

四年前まで松本は赤坂に事務所を構える三好《みよし》組の若頭補佐だった。組長の三好は、現役を引退して組を解散するさい、組織と個人の資産を若衆らに分け与えた。側近として長く仕えた松本にはカラオケボックスとステーキハウスを譲渡した。

松本もやくざ社会から身を退き、合同会社『M&M』を設立した。離婚し、兄を頼って上京してきた妹の美代子《みよこ》を社長に据え、みずからは専務に就いた。

世間知らずの松本にしては賢明な策だったといえる。

「見合いをさせられそうです」

松本がぽつりと言った。

まるい顔の真ん中で、太い眉が八の字を書いている。

鹿取は吹きだしそうになった。

「お兄ちゃんが結婚しなければ、わたしは再婚できないと……冗談じゃない」

「相手はどんな人だ」

「三十五歳、婚歴なし。取引先の身内です」

「願ったり叶《かな》ったりだな」

「どういう意味です」

「一度くらいは籍を汚したいと言ったじゃないか」

「あれは、惚《ほ》れた女があらわれたらということです」

松本がむきになった。

「俺とつるんでいるかぎり、そんな女には出会えん」

「それでもかまいません」

「よし、わかった。俺が代わりに見合いをしてやる」

「冗談でしょう。妹に殺されます」

松本が目を剝《む》いた。

他愛もない話をしているところにチャイムが鳴った。

松本がきょとんとした。

この部屋を訪ねてくる者は滅多にいない。かつては仲間たちとの密談の場所で、犯罪者を拉致《らち》し、監禁するのにも利用した。拳銃を撃って威《おど》したこともある。音がそとに洩《も》れる心配はない。厳重な防音措置が施《ほどこ》されている。

鹿取は声を発した。

「浅井《あさい》だ。開けてやれ」

松本が表情を崩し、ドアへむかう。

ショートボウズの男が入ってきた。目元が弛《ゆる》んでいる。

公安部公安総務課の浅井友也《ゆうや》。二年前、警部に昇任し、管理官になった。鹿取よりひと回り下の四十四歳、独身である。中肉中背で、体形にこれという特徴はないが、顔つきは精悍《せいかん》そのもの。賢く、勇気もある。それが顔にあらわれている。

警察庁警備局長直轄の隠れ公安として活動していた一時期、浅井とは何度も連携した。北朝鮮工作員との戦いでは命を救ったことも救われたこともある。

当時の警察仲間で唯一、いまも縁が続いている。

――いずれ浅井は警視庁を背負って立つ――

敬愛する元警備局長の言葉である。

その浅井がひさしぶりに電話をよこした。上司の山賀が去ったあと、水上レストランのデッキでぼんやりしていたときのことである。

――こんや会えますか――

二つ返事で応諾し、カラオケボックスで待ち合わせた。

誰が相手でも電話でのやりとりは短い。公安部にいたころからの習癖である。

浅井がソファに座るのを待って口をひらく。

「遊んでほしいのか」

「ご明察です。雑用が多くて鬱憤《うつぷん》が溜《た》まりました」

浅井が屈託《くつたく》なく答えた。

公安総務課は公安事案を統括する部署である。警視庁の心臓部ともいえる。

近年、公安総務課は本来の職務から離れた仕事をしている。正確にいえば、やらされている。その多くは総理官邸や与党幹部からの指示による。

雑用の最たるものが政治家の身辺調査、俗にいう身体検査だ。不祥事続きの省庁幹部の身体検査も行なっているのか。警視庁は東京都の所管だが、上層部は警察庁からの出向組が占めているので、総理官邸や与党幹部の力が及ぶのである。

「浅井さん」松本が言う。「何を飲まれますか」

「ウィスキーの水割りをください」

浅井が丁寧に返した。

二人も旧知の仲だ。共に負傷し、病院のベッドにならんで寝たこともある。

松本がグラスを運んできて、鹿取のとなりに浅く座った。マッカラン18のボトルを手に取り、水割りをつくる。

浅井に話しかける。

「マツは、結婚するそうだ」

「えっ。ほんとうですか」

松本が手のひらをふる。顔に赤みがさした。

「見合いですよ。それも義理で……妹にやらされるのです」

「それでも、うらやましい」

本音の吐露のようにも聞こえた。

「浅井、相手の身体検査をしてやれ」

「お安いご用です」

「もう」松本が拗《す》ねたように言う。「勘弁してください」

「いやいや」

浅井が松本に声をかける。見るからにたのしそうだ。

「喩《たと》えは悪いが、瓢箪《ひょうたん》から駒ということもあります」

「それよ」鹿取は相槌《あいづち》を打った。「マツは単細胞だからな。見かけが良くて、べんちゃらを言われたら、すぐその気になる」

「…………」

松本が眉尻をさげた。身長百八十センチ、がっしりとした身体が縮こまる。

鹿取はふかした煙草を消し、浅井を見た。

「ステーキにするか」

「ご馳走《ちそう》になります」

浅井があっさり答えた。

松本の表情が戻った。

「予約します。そのあともおまかせを」

夜の赤坂を散歩するのだ。

好きにさせる。そとに出れば、あとは成り行きにまかせる。

松本が携帯電話で自分の店に予約をし、鹿取に顔をむける。

「自分が結婚すれば鹿取さんのお伴ができなくなりますよ」

「そんな女は嫁にもらうな」

こともなげに言った。

手のひらを返すのは毎度のことである。

浅井が声にして笑った。

★　★

リュックをおろし、肩で息をした。

はち切れそうなほどふくらむリュックを開く気にはなれない。ミニコンポのリモコンにふれ、籐《とう》椅子に腰をおろした。思いだしたように煙草をくわえる。

三日間の休暇の最終日である。

休暇を取るつもりはなかった。四月一日付で北沢署刑事課捜査一係から警視庁刑事部捜査一課強行犯三係に異動した。が、殺人犯との銃撃戦で負傷し、着任は三週間遅れた。強行犯三係は出動先での事件が解決したばかりで、同僚らはゴールデンウィーク中の休暇のスケジュールを調整していた。新天地では覚えることが多く、休暇の返上を申しでたが、聞き入れられなかった。仕方なく先輩らの休暇がおわったあとの五月十一日から仕事を休むことにしたのだった。

――まだ完全に傷が癒えたわけでもないから、休暇は有効に使いなさい――

そう言って、母は草津温泉に行く計画を立てた。

吉田裕美《よしだひろみ》は受け入れた。

母は身体を酷使している。背をまるめてため息をつく母を見るたび、仕事を辞めるか、仕事量を減らせと言うのだが、母はその気がないようだ。父の死後、ホームヘルパーをやりながらひとり娘を育ててきたという自負があるのだろう。ホームヘルパー一級の資格を取得したあとは特別養護老人ホームでの仕事が増えたという。

母の疲れが取れるのなら温泉もいいか。

そう思う反面、事件がおき、強行犯三係に出動命令がくだるのを願った。親不孝もはなはだしい。だが、そうなっても母は愚痴をこぼさないだろう。母は警察官として殉職した父を尊敬しているし、娘が警察官になるのにも賛成してくれた。

籐椅子にもたれて、煙草をふかした。

ドラムの音色が快い。疲労がぬけていくような気持になる。

WAYNE SHORTERの『NIGHT DREAMER』。CDトレイに挿したまま旅行にでかけた。ピアノのMcCOY TYNERとドラムのELVIN JONESが参加するアルバムはほとんど聴いている。とくに『NIGHT DREAMER』はよく聴く。


母の声がして目が覚めた。うたた寝をしていたようだ。

はっとして灰皿を見た。煙草は消していた。音も消えていた。

階段を降り、一階のキッチンに入った。

「あら。まだ着替えていないの」

母があきれ顔で言った。

ノースリーブのワンピースに花柄のエプロンを掛け、コンロの前に立っている。

味噌汁のにおいがする。オーブンレンジの中は赤くなっていた。

吉田は椅子に座った。

「カップ麺《めん》でもよかったのに」

「そういうわけにはいかないの。でも、あり合わせよ」

「ありがとう」

素直に言った。

――いつ呼びだされてもいいように、食事はちゃんと摂りなさい――

母の口癖である。

ぼんやりしているうちに料理がならんだ。鮭《さけ》の西京焼きに玉子焼き、ワカメと胡瓜《きゆうり》と茗《みよう》荷《が》の酢和え、大根と薄揚げの味噌汁。温泉旅館で馳走を堪能したのに、母がつくる料理を見ると腹が鳴る。感謝の気持がめばえる。

母が前に座り、箸を持った。味噌汁をすすり、目を合わせる。

「退屈だったの」

「えっ」

「温泉に入っているときも脱衣所のほうを気にして……あれ、ケータイが鳴らないか気にしていたのでしょう」

「そう。でも、習慣よ。おかあさんとのんびりできてよかった」

「怪しいな」母の瞳が端による。「おとうさんの子だからね」

「出動命令がかかったら、おかあさん、どうしたの」

「残るわよ。もったいないもん」

笑顔で言い、視線をおとした。

吉田も食べる。ご飯はお替りした。

食事をおえ、母が後片付けをしている間にコーヒーを淹《い》れた。

ひと口飲んで、母が目を細めた。

「捜査一課の居心地はどうなの」

「なんとも……まだ仕事をしてないし」

言いながら、気づいた。

母は草津温泉では娘の仕事の話をしなかった。それも気配りか。

「鹿取さんだっけ……あなたの命の恩人とは上手《うま》くやれそう」

「さあ」

吉田は首をひねった。

恩人という意識はある。北沢署での最後の仕事で強行犯三係の鹿取警部補とコンビを組んだ。鹿取の傍若無人な振る舞いに腹を立て、規律無視の単独捜査にはとまどった。が、彼の言動に反発しながらも、指示には従った。上官だからということではない。鹿取には、そうさせる雰囲気があった。

左の太股《ふともも》に銃弾をくらって入院しているとき、胸が軽くなったような気がしたのを憶《おぼ》えている。それも鹿取のおかげである。

感謝の気持は無視された。

退院した日、報告とお礼を兼ねて鹿取に電話をかけた。強行犯三係の内情を知りたい思いもあって会いたい旨を告げたが、あっさりことわられた。コンビを組んだことなど失念したかのようなもの言いだった。

警視庁に出勤してから言葉を交わしたのも二度きりである。それも挨拶に毛の生えたようなやりとりだった。もっとも、刑事部屋で鹿取と顔を合わせるのは稀《まれ》で、同僚の誰もが鹿取を話題にしなかった。

いったいどういう人なのだろう。

鹿取への印象は振り出しに戻った。三月におきた殺人事件の捜査の過程で距離が近くなったと感じたのは錯覚だったのか。

——鹿取さんとコンビを組めば、この先、きっと役に立つ……あの人について行けるかどうかわからないが——

北沢署に捜査本部が設置されたとき、世話になった上官にささやかれた。

鹿取から学んだことはある。ずっとかかえてきた胸のしこりは取れた。

だからといって、鹿取の捜査手法や言動に対する反発心が消えたわけではなく、鹿取について行こうという気持にはなれないでいる。

「どうしたの」母が言う。「鹿取さんと何かあったの」

吉田は力なく首をふった。

「わからないのよ。どういう人だか」

母が目で笑った。

「そんなのあたりまえじゃない。わたしも裕美の心の底はわからないよ」

「性格はわかるでしょう」

「そりゃ親子だからね。でも、ある程度よ」

「………」

吉田は首をかしげた。

曖昧な気分になった。そんなものかとも思う。ひらめきが声になる。

「わたしは刑事よ。深層心理はともかくとして、他人の性格や頭の中を推察できなければ仕事にならないと思うけど」

母が目をしばたたいた。ややあって口をひらく。

「おとうさんが言っていた。何十人もの犯罪者と差しで話をしたけれど、彼らの胸の内はわからないと……むりして知ろうとしなくてもいいんじゃないの」

「そうかな」

気のない返事をし、あとの言葉は控えた。

――人の行動を観察していると、その人の心が透けて見えるときがある――

父の言葉は胸に留めている。

愚直で誠実な父だった。すこしでも父に近づきたくて警察官を志望した。

自分と母とでは、父への感慨が異なるのか。

ふいに思い、吉田はあわてて頭をふった。

それが当然であっても認めたくはない。


「行ってきます」

パジャマ姿の母に声をかけ、自宅を飛びだした。

午前六時十七分。十分前に官給の携帯電話が鳴って目が覚めた。

――殺人事件が発生した――

強行犯三係の山賀係長の声は事務的に聞こえた。

――現場を言う。中野区本町五丁目△×の○△。民家だ。ただちに出動しろ。タクシーを使ってかまわん――

返答する前に通話が切れた。

中野署仮庁舎の近くだろうか。中央二丁目にあった中野署は新庁舎建設のため、中央四丁目の仮庁舎で運営を行なっている。

タクシーに乗ったあと、髪にふれた。

ゴールデンウィークの前に美容室へ行き、髪を短くした。気分を変えたかった。美容師の勧めでショートヘアにしたのだが、伸びてしまい、いまはショートボブになっている。寝癖がついていないか、気になった。


住宅街の路地の端に黄色の規制線が張られていた。

時刻は午前七時前。近くの住民か。十数人の男女が不安そうな表情で言葉を交わしている。制服警察官に声をかける報道記者の姿も見えた。

「捜査一課の吉田です」

制服警察官に名乗り、警察手帳をかざした。

路地の中ほどにある民家の門の前にも五人の制服警察官がいた。地面に這《は》いつくばるようにして鑑識課の数人が作業をしている。

吉田は手袋をはめ、民家に入った。

玄関を覆い隠すように青いシートが張ってある。

それをかき分け、中に進む。

上り框《がまち》に白いテープ。人の形に見える。それを囲むように人がいる。私服の刑事と鑑識員。強行犯三係の同僚の顔もある。

スニーカーにビニールサックをかけ、靴箱のそばにいる山賀に話しかけた。

「現場ですか」

「ああ。被害者は廊下にうつぶせ、頭部と右腕が框から垂れていた」

「身元は」

「木島幸子《きじまさちこ》、五十七歳。この家に独りで暮らしていた」

「第一発見者は」

山賀が顔をしかめた。

いきなりの、矢継ぎ早の質問が気に食わないのか。

「散歩をしていた住民だ。門扉と玄関が開いていたので覗いた」

「班分けは済んだのですか」

「これからだ。おまえは二階にあがって、廣川《ひろかわ》を手伝え」

「鹿取さんは」

「そのうちくる」

「近くなのに」

思わず声がでた。

鹿取に連れて行かれた食事処『円』は中野新橋にある。住所の中野区弥生町二丁目は、中野区本町五丁目と接している。

山賀がきょとんとした。

「二階に行きます」

あわてて言い、吉田は山賀から離れた。

二階には和室と洋間の二部屋があった。

洋間を覗いたあと、和室に入る。

床の間の前で、廣川警部補が腰をかがめていた。

近づき、吉田は目を見張った。

五十センチ四方の金庫の扉が開いている。

廣川がふりむき、にやりとした。

「来たか、新人」

むっとしたが堪《こら》え、腰をおとして片膝をつく。金庫を覗いた。

「億はありそうですね」

「ざっと二億円だな」

「もの取りの犯行ではないということですか」

「はあ」

廣川が頓狂な声を発した。あきれたのか。嘲るような顔になる。

「一階のリビングの金庫は空だ。扉が開いていた」

「…………」

どういうことでしょう。さらなる愚問はかろうじて胸に留《とど》めた。
いろいろなことが推察できる。わかっていても、あれこれ訊《たず》ねたくなる。
息をつき、室内を見回した。荒らされた痕跡はない。刑事と鑑識員が押入を捜索してい
るが、物色されたようには見えなかった。
「行くぞ」
声を発して廣川が立ちあがる。鑑識員にも声をかけた。
「金庫を頼む」
鑑識員が返答し、同僚を呼んだ。
階段を駆け降り、玄関からそとに出た。
門と玄関の間に刑事らが集まっていた。
初動捜査の班分けをしているのだ。すでに現場周辺での聞き込みが始まったか。臨場《りんじょう》し
たときよりも刑事や制服警察官の数が減っていた。
吉田は周囲に目を配った。鹿取の姿はない。
名前を呼ばれ、視線を戻した。
「若葉マークは鹿取と組め」
山賀が言った。

失笑が洩れ聞こえた。強行犯三係の連中は口をふさごうともしない。

「そんな言い方は……」

「うるさい」山賀が語気鋭くさえぎる。「捜査に集中しろ」

「鹿取さんが見あたりません」

「表にいる」

「………」

吉田はくちびるを嚙《か》んだ。頭に血がのぼった。身体はふるえている。強行犯三係の連中を睨みつけ、群れから離れた。

路上で、鹿取は中年の男と立ち話をしていた。

鑑識課の作業着を着た男は見覚えがある。音川《おとかわ》係長だったか。警視庁に着任した日、山賀に連れられて挨拶にまわった。

声をかけていいものかどうか迷った。先ほどのことがある。

気配を察したのか、鹿取がふりむいた。

「どうした」

「鹿取さんと組むことになりました」

「ふーん」

そっけない声がした。

迷惑なのか、予期していたのか。判別がつかない。

「あとで連絡する」

音川にひと声かけ、鹿取が歩きだした。

吉田はあとを追った。

報道記者や野次馬から離れたところで肩をならべる。

「パワハラを受けました」

つい愚痴がこぼれた。

「捜査一課は男社会よ。テレビドラマのようにはいかん」

「差別……時代遅れです」

「そう思うなら、おまえが壁をぶち壊せ」

「…………」

足が止まった。目をぱちくりさせる。思いもよらぬ言葉だった。

鹿取は気づかないかのように歩いている。

あわてて追いかけた。

「どちらへ」

「朝飯を食う」

「円ですか」

「一々訊くな。嫌われるぞ」

「もう充分、嫌われています」

鹿取が目を細めた。

「俺は謹慎をくらった。うろちょろできん」

「そんな……初耳です。山賀係長は知っているのですか」

「俺に鈴をつけた本人よ」

「それなのに、自分を鹿取さんと組ませたのですか」

また血がのぼりかけた。

「気にするな。わかったら引き返せ。仲間に遠慮はいらん。目撃情報を集めろ。犯人は複数……だとすれば、車を使った可能性が高い。人目につくからな」

「はい」

素直に声がでた。

どういう根拠で複数と言ったのか。疑念に蓋をした。根拠もなく指示するわけがない。捜査手法に問題はあっても、刑事としての鹿取は信頼している。

「駐車場と、路上駐車の目撃情報……あたりがあったら連絡しろ」

「円で待機するのですね」

軽い口調になった。

「ああ。ただし、昼までだ」

頷き、吉田はきびすを返した。

足取りが軽くなったのには気づかなかった。

★

★

青梅街道を西へむかって歩き、東京メトロ新中野駅近くの交差点を左折した。

通りの左右でマンションの建設工事が行なわれていた。その先には鍋屋横丁と称される商店街が延びている。

時間が早いせいか、商店の大半はシャッターを降ろしていた。

すこし歩き、鹿取は喫茶店に入った。

昭和の時代から営業しているのか。天井の梁《はり》は焦茶色で、コーヒーの滴が落ちてきそうだ。七つのテーブル席は補修の跡が目につく。先客は三人。出勤前なのか、男らはスーツを着て、新聞を見ながらパンを齧《かじ》っていた。

鹿取は奥の席に座った。

白いエプロンをかけた老女にコーヒーを頼み、煙草を喫いつける。軒下の看板には〈全席喫煙〉と書いた紙が貼ってあった。

コーヒーが届いたところに扉が開き、男が入ってきた。

中野署捜査一係の米村である。むずかしい顔で近づき、正面に座した。

「いいのですか」

ぶっきらぼうに言った。

初動捜査の最中にという意味か。米村も臨場していた。そこでは声をかけず、吉田と別れたあと米村の携帯電話を鳴らしたのだった。

老女にコーヒーを注文し、米村が視線を戻す。

「あまり時間を使えません」

「わかっている」

ぞんざいに返し、ふかした煙草を消した。

「被害者は同一人物か」

個人名は避けた。距離はあっても、客の耳が気になる。

殺害された木島幸子は五日前、自宅近くの路上で窃盗の被害に遭った。

「窃盗容疑の男が釈放されたのは聞いた。捜査も打ち切ったのか」

「仕方ないでしょう」米村が怒ったように言う。「上の指示です。自分は、被疑者の取扱いは別にして、捜査は続けるべきと具申したが、拒否された」

「窃盗事案の被害者と被疑者の個人情報はあるか」

「警察データに載っているかという意味なら、ノーです」

「供述調書はどうした」

「保管してあります」

「コピーがほしい」

米村が眦《まなじり》をつりあげた。堪忍袋の緒が切れたような顔つきになる。

「それはないでしょう。あなたが考えていることはわかる。しかし、それは中野署の誰もが思うこと……当事者のあなたに動かれるのは迷惑です」

「知ったことか。おまえの指図は受けん」

「自分が口をつぐんでも、中野署の仲間はあなたを槍玉《やりだま》に挙げる。現場で見たでしょう。彼らの怒った目を」

「気づかなかった」

ほんとうのことだ。

他人の目は無視する。誰に何を言われようとも、どう思われようとも気にしない。事実はそのまま受け入れる。批難されても反論せず、事実を歪曲《わいきょく》されても誤解を招いても抗弁はしない。神経と時間の浪費である。

「とにかく、二人で会うのはこれきりにしてください」

「コピーをくれたらな」

ほかに用はない。

中野署の対応から判断して、あのとき米村が書いた供述調書は警察のデータとして残らないだろう。米村は窃盗事案に未練があるから個人で保管している。

そう推察すれば米村に頼むしか供述調書を読む方法がなかった。

「渡せば、会うのを控えてくれますか」

「ああ」

米村がため息をついた。

「捜査会議が始まるまでに、ここのマスターに預けておきます」

「初回の会議は何時からだ」

米村がきょとんとし、口をひらく。

「夜の七時です」

米村が立ちあがり、老マスターと言葉を交わしてから去った。

鹿取は老女に声をかけた。

「モーニングセットを。コーヒーのお替りも」

言って煙草をくわえ、火をつけた。

階段を踏む音で目を開けた。

うとうとしていたようだ。喫茶店で朝食を摂ったあと、歩いて中野新橋へ行き、食事処『円』の二階にあがった。女将《おかみ》の郁子《いくこ》が寝る布団に潜り込んだが、肘鉄を見舞われ、居間に移った。鑑識課の音川に電話をかけたが、「あとにしてくれ」とつれなく言われた。階下に飲み物を取りに行く気にはならず、畳で横になったのだった。

吉田があらわれた。表情はあかるい。

鹿取は腕の時計を見た。午前十一時半になるところだ。頭をふる。隣室の襖《ふすま》は開いていた。布団はなく、郁子の姿もなかった。『円』は昼時も営業する。郁子は階下で開店の準備をしているのだろう。

紺色のジャケットを脱ぎ、吉田が正面に座した。

「ありがとうございます」声もあかるい。

「はあ」

「現場から二百メートルほど離れた駐車場で貴重な目撃情報を得ました」

「貴重だと、なぜわかる」

吉田が顎を引いた。

「二人の男が駐車場に駆け込み、その二人を乗せた車が駐車場から急発進したと……犬の散歩をしていた女性の証言です。その女性はあやうく二人組のひとりとぶつかりそうになったので、二人組を目で追ったそうです」

「ほかには」

鹿取は煙草を喫いつけ、頬杖《ほおづえ》をついた。

「二人組は犯行現場のほうから走ってきたとの話だったので、逆をたどりました。二十メートルほど戻った路地角にある新聞配達店の従業員が二人を見ていました。二人とも目出し帽を被《かぶ》り、服装もよく似ています」

「報告したか」

「はい。新聞配達店の従業員の話から間違いないと思い、係長に連絡しました」

「やつは何と言った」

「それが」眉尻をさげる。「わかった。聞き込みを続けろと」

「ほかに指示はなかったのか」

「ええ。貴重な情報なのに……」

吉田が言葉を切った。

足音が気になったのか。

郁子が入ってきて、四角い盆を吉田の前に置く。

「お替りしたければ、下に取りにおいで」

やさしく言い、鹿取とは目も合わさないで立ち去った。

盆にはアジの開きと玉子焼き、二種類の小鉢にご飯と味噌汁が載っている。

「鹿取さんは食べないのですか」

「俺が目に入らんのだろう」

「喧嘩《けんか》したのですか」

「それほどの仲じゃない」

ぶっきらぼうに返し、煙草をふかした。

吉田が立ちあがる前に郁子が戻ってきた。座卓にビールの小瓶とグラス、沢庵《たくあん》の古漬けとおからを置き、きびすを返した。

鹿取は手酌でビールを飲み、沢庵を齧った。充分である。腹が減っていれば郁子に声をかける。郁子は鹿取の習癖を知り尽くしている。それに、わがままを言える立場にない。

ランチタイムは郁子ひとりでやっているのだからなおさらである。

吉田が箸を置いた。米粒ひとつ残さなかった。食後の一服をするのかと思いきや、お茶を飲んで顔をむける。

「中断して、すみませんでした」

鹿取は頷いた。どんな話をしていたのか忘れた。

吉田が続ける。

「自分は歓迎されていないのでしょうか。それとも、三係の戦力にならないと思われているのでしょうか」

「知るか。俺に訊くな」

「鹿取さんはどう思っているのですか」

「何とも思わん。はっきりしているのは、おまえが臨時雇いということだ」

吉田が目を見開いた。前のめりになる。

「どういう意味ですか」

「同僚のひとりが病気で療養している。長期になりそうなので補充した。三係の連中は同僚の健康回復と職場復帰を願っている」

「知りませんでした」

つぶやき、吉田が肩をおとした。

吉田に異動の背景を教えていないのは山賀から聞いていた。吉田に隠すつもりはなかったが、教える筋合いもない。

「おまえは正直だな。わかりやすい」

「だって、ショックです。期間限定の補充なんて」

「………」

鹿取は頰杖をついたままそっぽをむいた。

「こっちをむいてください」吉田が声を張る。「鹿取さんが自分ならどうします」

「どうもせん」

そっけなく返した。

環境の変化や他人の言動に動じることはない。いろいろな経験をして、いまに至った。何かに遭遇して感情がゆれ、思うことはある。それでも、立ち位置や信念はゆらがない。ゆらげば己を見失う。こうして生きているのさえ無為に思える。

座卓の携帯電話が鳴った。

鹿取は頬杖をはずし、携帯電話の画面を見た。山賀だ。耳にあてる。

いきなり鼓膜がふるえた。

《何をしている》

「飯だ」

《のんきな。吉田も一緒か》

「ああ。目撃情報は聞いた」

《それなら手間が省ける。目出し帽の二人は犯人と思われる。犯行現場の斜向《はすむ》かいの家に設置された防犯カメラが同一人物とおぼしき二人を捉えていた》

「車にいた男は」

《駐車場の防犯カメラで確認した。運転席の男も目出し帽のようなものを被っていた。車の所有者も判明した》

「盗難車だな」

ほかは考えられない。車の所有者が犯人なら防犯カメラを意識する。
《ゴールデンウィークのさなかに盗まれた。被害届がでている》
「どこで盗まれた」
《新宿区中落合の月極駐車場。所有者は家族とハワイに行っていた》
淡々としたもの言いが続いている。
「おい」声がとがった。「そういう報告は吉田にしろ」
《どうせ、吉田はおまえに報告し、指示をあおぐ》
「だとしても、筋目が違う。目撃情報は吉田の手柄だ」
《おいおい。熱くなるなよ》
「うるさい。切るぜ」
《待て。おまえに話がある》
「………」
鹿取は眉をひそめた。
推察するまでもない。山賀は先週の窃盗事案を気にしているのだ。
《中野署の連中が色めき立っている。おまえに矛先《ほこさき》がむくぞ》
「それがどうした」
《まったく……親の心、子知らず。夕方、会おう》

待ち合わせの時刻と場所を聞いて、電話を切った。

吉田が口をひらく。神妙な顔になっていた。

「すみません。自分のことで……」

「勘違いするな。おまえを気遣ったわけじゃない」

「そうだとしても……いえ、わかりました。で、どんな話だったのですか」

「…………」

鹿取は首をまわした。

この先が思いやられる。

ジャケットを肩に掛け、『円』を出た。

まもなく午後四時になるというのに陽射しは真夏のようだ。怠け癖のついた身体には堪《こた》える。吉田が『円』を去ったあと、また眠ってしまった。

中野新橋から中野坂上方面へ歩き、青梅街道を右に折れた。

ファミリーレストランの喫煙エリアの席に山賀の姿を見た。飢えていたかのように手と口を動かしている。

鹿取はウェートレスに声をかけ、ドリンクバーコーナーのアイスコーヒーを持って山賀の正面に腰をおろした。

鉄板のステーキはなくなりかけていた。野菜サラダもほとんど残っていない。口をもぐもぐさせて、山賀が顔をあげる。

「ようやく昼飯よ。晩飯も兼ねて」

嫌みたらしい口調だった。

気にしない。山賀の気性はわかっている。反吐《へど》がでそうなときもあるし、感謝の言葉がこぼれそうになるときもある。持ちつ持たれつの関係が続いている。

「俺に、何の用だ」

一瞥《いちべつ》し、山賀が紙ナプキンで口を拭う。

「捜査会議にはでるな」

「捜査本部《チョウバ》の意向か」

「いまのところ、俺の独断。このあと管理官に相談する。が、それで決まりだ。中野署の幹部の思惑なんて関係ない」

山賀がまくし立てるように言った。

「中野署の連中が息巻いているのか」

「おまえのせいで窃盗犯を釈放し、その五日後、窃盗の被害者は殺害された。捜査員が窃盗犯に着目するのは当然で、二つの事案がつながるようなことになれば、中野署は自分らの失態をおまえに転嫁する。おまえが集中砲火を浴びるのは見るに忍びない」

「早くも予防線を張るのか」

「そういうことよ。捜査本部の中だけなら何とかなるが、外野もうるさくなる。今回の事件で火に油を注ぎ、マスコミ連中が騒ぎ立てる」

「いっそ、俺をはずしたらどうだ」

「そうはいかん」

吐き捨てるように言い、山賀が鹿取のパッケージから煙草を抜き取った。

「おまえには名誉挽回《ばんかい》の機会をくれてやる」

「………」

あきれてものが言えない。冗談を返す気にもなれなかった。

山賀が煙草をふかし、顔を近づける。

「おまえは窃盗の被疑者を的にかけろ」

「指図するな」

「そうとがるな。こっちはおまえのせいで主導権を握れないんだ」

「中野署の連中は、早々とひったくり男を的にかけたのか」

「ああ。聞き込み捜査をおざなりにして動いているやつらもいる」

「俺が動けば面倒が増えるぜ」

「そっちは慣れている」

あっけらかんと言い、山賀が煙草を消した。

鹿取は椅子にもたれた。

異論はない。責任は感じている。だから、中野署の米村にむりを頼んだ。が、後悔も反省もない。己の行動の後始末をする。それだけのことだ。

ふと思いつき、声にする。

「吉田を俺に預けたのも、おなじ思惑か」

山賀がにやりとした。

「おそらく、中野署の連中は俺にも目を光らせる。おまえの傍若無人ぶりは知れ渡っているからな。で、吉田の出番よ。手足にしろ。吉田には俺から事情を話しておく」

「そうまでして点数がほしいか」

「悪いか。おまえを庇《かば》う見返りはそれしかない」

「あ、そう」

投げやりに返した。

腹のさぐり合いは好まない。さぐる必要もない。

鍋屋横丁の喫茶店で封筒を受け取り、新中野駅から丸ノ内線に乗って赤坂見附《みつけ》駅で降りた。赤坂五丁目のカラオケボックスへむかう。

食事処『円』は避けた。殺人現場に近すぎる。捜査本部が設置された中野署もそう遠くない。捜査員と鉢合わせしてもどうということはないが、マスコミ連中はうっとうしい。『円』に出入りするのを目撃されたら郁子に迷惑をかけそうだ。

ソファに寛《くつろ》ぎ、中華料理店の品書を見ているときにチャイムが鳴った。

ドアを開けると、浅井が顔に笑みをひろげた。

地下鉄に乗る前に電話をかけた。退屈しのぎの相手に思いついた。無闇に動くつもりはない。どこから手をつけるか。捜査会議の内容次第で決める。

「出動初日に、とんだ災難ですね」

「もう知っているのか」

「はい。警察内部の出来事をチェックするのが自分の日課です」

「嫌な野郎だ」

鹿取はきびすを返し、ソファに座った。

スーツの上着を脱ぎ、浅井がカウンターに入る。

「何を飲みますか」

「おまえが好きなのを持ってこい」

浅井がトレイを運んできた。腰をおろし、響《ひびき》17年のボトルを傾ける。二つのグラスに水割りをつくり、美味《うま》そうに咽《のど》を鳴らした。

「松本さんはこないのですか」

「飲食店組合の会合があるらしい」

「自分は代用というわけですか」

うれしそうな顔で言った。

「晩飯はどうする。そとに出るか」

「それで」

浅井が品書を指さした。

「俺は小籠包《シヨーロンポー》と春巻、粥《かゆ》とザーサイ。あとはまかせる」

言って水割りを飲み、煙草を喫いつけた。

テーブルの固定電話で出前を注文したあと、浅井が顔をむける。

「中野署の幹部は鹿取さんの処分を求めているそうです」

「もう謹慎をくらった」

「それは捜査一課の自主的な判断でしょう」

「捜査本部《チヨウバ》への出入りも止められた。うちの係長の独断だが」

「先手を打った。でも、その程度で中野署が納得しますか」

「はっきり言え」

鹿取は声を強めた。

その話になるのは想定内である。浅井が所属する公安総務課は公安部署の要で、公安事案のみならず、警察内部の情報は何でも入手できる。浅井なら、殺人事案の概要や捜査本部の動向を手土産に持ってくると思った。

「中野署は鹿取さんの正式な処分を求めている。ここから先は推測ですが、窃盗犯の釈放は鹿取さんの振る舞いによる苦渋の決断で、その責任は鹿取さんにあるとマスコミに印象づけたいのでしょう。もうひとつ、独断で動く鹿取さんを捜査からはずしたい。そっちのほうが本線かもしれません」

鹿取はグラスを手に黙って聞いた。

推論は好まない。が、浅井はそれを知ったうえで、話しているのだ。

浅井が続ける。

「見切りをつけてはどうですか」

「ん」

「公安部は歓迎しますよ」

「ばかな。雑用ばかりやらされて、頭がおかしくなったか」

「正気です」浅井の目が熱を帯びた。「いまも公安部には鹿取さんの復帰を待望している連中がいます。自分はその筆頭……いや、二番手です」

「………」

鹿取は首をまわした。

想定外の話にとまどいだした。

公安部を追放されてまもなく二十年になる。

マスコミへのリークが発端だった。

当時、警視庁と神奈川県警は新興教団の内偵捜査を行なっていた。が、両者は主導権争いでいがみ合い、新興教団が松本市内でサリンを散布した事実を知りながら、長野県警に手持ちの情報を提供しなかった。関連施設への家宅捜索を検討したが、両者で折り合いがつかず、時間だけが流れた。

業を煮やした鹿取は、松本市内でのサリン散布は新興教団の犯行と断定した文書をマスコミ各社にファクスで送った。

それを記事にしたのは一紙。それも夕刊の社会面でのちいさな扱いだった。他紙や週刊誌、テレビでは報じられなかった。警察が威信に賭けて封じたのだ。

警視庁と神奈川県警が長野県警の捜査に協力していれば、東京でおきた地下鉄サリン事件は未然に防げた。いまもそう確信している。

警察上層部は徹底した調査を行ない、リーク者は鹿取と判断した。が、確証を得るには至らなかった。鹿取を処分して野に放てば闇に葬ったリーク事案があかるみにでる恐れがある。それを危惧し、鹿取を捜査一課に異動させたのである。異例の人事は鹿取を組織内で飼い殺しにするのが目的だった。

「鹿取さん。黒岩《くろいわ》警視正を知っていますか」

「知らん。何者だ」

「公安部の理事官です。警察庁から新潟県警、愛知県警、大阪府警に出向し、ことしの春に着任しました。年内には警視長に昇任し、公安部長になるでしょう」

「それがどうした。俺と何の関係がある」

鹿取はむきになった。

浅井にしては話がまわりくどい。思いつきの話ではないようにも感じる。

「黒岩警視正は田中《たなか》警視監の秘蔵っ子でした」

「………」

鹿取は口を結んだ。

記憶が湧き水のようにあふれでてきた。

元警察庁警備局長の田中一朗《いちろう》は心の師である。田中の要望を請けて、直属の隠れ公安になった。浅井も田中の子飼いのひとりだ。

チャイムが鳴り、浅井がドアへむかう。

鹿取は息をついた。頭が固まりかけている。

テーブルに料理がならんだ。酢豚とエビチリ、スープもある。

「いまの話はまたにしましょう」

浅井があかるく言った。表情は戻っている。

「しなくていい。忘れろ」

つっけんどんに言い、蒸籠《せいろう》の蓋を取った。

小籠包は好物だが、食欲が湧かなかった。

浅井の食欲はいつも旺盛《おうせい》だ。先週は四百グラムのステーキをぺろりとたいらげた。黙々と食べる姿を見るのは気持がいい。

ひと通り口をつけ、鹿取は箸を置いた。

テーブルの端の携帯電話がふるえた。画面を確認し、ハンズフリーにした。

《吉田です。会議がおわりました。そのあと、係長から聞きました。何と言えばいいか……鹿取さんの行為は行き過ぎですし、警察官が仲間を売るのも……》

「喋《しゃべ》るな。おまえの感想はいらん。会議の内容を話せ」

《わかりました。死亡推定時刻は午前四時半から同六時の間で、死因は失血死。腹部と背中を刺され、背後からの傷は肺に達していました。凶器は二種類……》

「検死と監察の報告もいらん」

ため息が届いた。

《二人組を見たという情報は近隣住民の四人から得ました。現場周辺の防犯カメラとNシ

ステムの映像は解析中です。現時点で、四箇所の防犯カメラと青梅街道のNシステムが該当車両を捉えていました》
　吉田が立て板に水のように喋った。
「捜査本部の方針は」
《動員された捜査員は五十七名。ナシ割り班を除く大半は、現場から逃走した二人組の身元の割り出しと盗難車の逃走経路の特定にあたることになりました》
「窃盗の被疑者は議題にあがったか」
《はい。中野署一係の京山という巡査部長が口火を切って……こちらは中野署が担当すると……まるで宣戦布告のような口調でした》
「山賀はどう言った」
《まかせる……そのひと言です。自分は納得がいかなくて、会議のあと係長に詰め寄りました。そのとき、鹿取さんの件を聞かされたのです》
　鹿取は頷いた。
　賢明な対応である。捜査本部内の確執を苦慮したというより、マスコミへのさらなる情報漏洩《ろうえい》を危惧したのだろう。山賀のずる賢さも窺《うかが》える。「窃盗犯のほうはおまえにまかせる」そんなささやきが聞こえてきそうだ。
《鹿取さんは捜査本部に出入りできないと聞きましたが、どうするのですか》

「犯人を追う」

《そうですよね》声がはずんだ。《いま、どちらですか》

「これから飲みに行く。おまえは帰って寝ろ」

《まったく。そんなことで……わかりました。あしたはどうしましょう》

「会議は何時からだ」

《午前九時の予定です》

早朝から現場周辺での聞き込みを行なうのだ。通勤通学の者が主な対象になる。

「おわり次第、鍋屋横丁の喫茶店にこい」

場所と店名を告げて電話を切った。

煙草を喫う間もなく浅井が話しかける。

「補充しましょうか」

「頼む」

あっさり返した。

浅井がセカンドバッグから紙を取りだした。料理はきれいに片付いている。

「犯人らは玄関のドアを解錠して侵入した。解錠には特殊な器具を使ったようです。二階に寝室があるのですが、被害者は一階のリビングで寝ていた。リビングには布団が敷いてあり、物音で目が覚めたのか、玄関に通じるドアを開けたところを襲われた……捜査本部はそう推察しています」

「リビングの金庫が開いていたそうだな」

「ええ。リビングのどこかにあったのでしょう。鍵を使って開けたようです」

「何が入っていた」

「不明です。七年前に夫が病死して以来、被害者は独りで暮らしていました。子はなく、被害者の姉と弟も亡くなっていて、親戚は寄りつかなかったとか。被害者は亡き夫の親族とも接触しなかったそうです」

「無職か」

「そのようです。夫が経営していたクリーニング店を継いだのですが、わずか一年で店を畳み、土地ごと、店舗を売っています」

「幾らで」

「そこまでは把握できていません。あすにでも調べます」

「こっちでやる。おまえに雑用を増やさせるのは気が引ける」

浅井が肩をすぼめた。

真に受けていないのだ。これまでに何度も浅井には雑用を頼んでいる。

鹿取は質問を続けた。

「あの家に出入りしていた者はいるか」

「夕方の時点では確認できていません」

「物取りの犯行なら二階も物色するだろう」

「二階の和室の金庫のことですね」

「ああ」

二階の金庫には二億三千万円の現金と貴金属があったと鑑識の音川から聞いた。貴金属は鑑定中だが、かなり高価なものばかりだとも教えられた。

「金庫にふれた痕跡はなく、犯人らが二階にあがったかどうかも不明です」

「わかった」

鹿取は視線をおとした。

グラスの氷が溶けかかっている。氷を足し、ウィスキーを注《つ》いだ。

「中野署の動きと、京山という刑事を調べてみます」

「頼む」

また携帯電話がふるえた。松本からだ。こんどは耳にあてる。

《おわりました。鹿取さんは》

「別荘だ。浅井といる」

《いいですね。飛んで行きます》

「転がるほうが早いぞ」

悪態をついて、通話を切った。

浅井は笑いを噛み殺していた。

鍋屋横丁にある喫茶店の扉が開き、吉田が入ってきた。

黒のタンクトップにグレーのジャケット。ジーンズにスニーカーは見飽きた。肌を晒《さら》したくないのか、職業を意識しているのか。いつも地味な身なりである。

「コーヒーをお願いします」

エプロン姿の老女に声をかけ、吉田が顔を近づける。

「もうすこし神経を遣ってください」

「はあ」

「捜査本部の近くで会うなんて。中野署を出るとき、山賀係長に言われました。鹿取さんに会うときは周囲に目を配れと……これでは配りようがありません」

「くだらんことに神経を遣うな。おまえ、化粧をしないのか」

「えっ」頓狂な声を発した。「それ、セクハラですよ」

「あ、そう」

吉田がため息をついた。老女が運んできたコーヒーを飲んで、顔をあげる。

「ますます鹿取さんには不利な状況になってきました」

「前置きはいらん」

「すみません。被害者の自宅から窃盗犯、佐川健一の指紋が検出されました」

「いつわかった。きのうの夜の会議でその報告はなかったのか」

「はい。判明したのは昨夜遅くと……それが何か」

「班割りが済むまで、中野署の連中が隠していたということだ」

「何を隠したのですか」

「警察データに佐川は載っていない」

「…………」

吉田の目も口もまるくなった。

「中野署の米村という刑事が作成した供述調書の指印と照合した……とすれば、意図的に鑑識への提出を遅らせたとしか考えられん」

「ひどい。隠蔽《いんぺい》です」

「そんなもんよ」

「…………」

吉田が口をもぐもぐさせた。

冗談じゃない。顔がそう言っている。が、口にするのはためらったようだ。

鹿取も知り得た情報を捜査会議で報告しない。報告すればコンビを解消すると、吉田を威したこともある。それが頭をよぎったか。

　鹿取は言葉をたした。

「指紋は被害者の家のどこで採取した」

「玄関とリビング……採取した指紋の中には消えかかっていたのもあったそうです」

　鹿取は首をひねった。

――被害者と面識はあったか――

――ない。通りがかりに道を訊いた――

　中野署の米村と佐川のやりとりがうかんだ。

「どうしました」

「何でもない。で、佐川の身柄確保に動いたのか」

「はい。昨夜、中野署の捜査員が佐川の自宅を訪ねました。が、留守で、けさの会議が始まる時点まで帰宅しなかったそうです」

　張り込みが続いているということだ。

「逃亡したのでしょうか」

「俺に訊くな。捜査本部《チョウバ》は佐川の家の家宅捜索をやるのか」

「検討中です。でも、佐川の身柄確保は最優先事案になり、中野署の捜査員に加え、本庁の機動捜査隊がその任務にあたります」

吉田の声に不満がにじんだ。

強行犯三係の連中も歯噛みする思いだろう。

「好きにさせておけ」

「そんな。鹿取さんは佐川を放って置くのですか」

「鬼ごっこをするつもりはない」

「ほかの方法を見つけたのですね」

吉田の声が元気になった。

「捜査本部は佐川のケータイの通話記録を入手したか」

「はい。自分は見ていませんが」

「被害者のほうは」

「…………」

吉田が目をぱちくりさせた。

「佐川が被害者の家に出入りしていたのなら、連絡を取り合っていたとも考えられる。それなのに手続きをしていないのか」

「被害者の家からケータイは押収されていません。通信各社に照会したところ、被害者名義の登録はなかったそうです」

「…………」

そんな、ばかな。声になりかけた。

駆けつけた警察官が佐川を取り押さえたとき、鹿取は被害者を抱き起こし、路上にあった被害者のトートバッグを拾いあげた。その中に携帯電話が見えた。

中野署の米村らは被害者の所持品を検査したのか。

答えは否だ。そうする理由がない。

あの携帯電話は誰の名義なのか。いつも被害者が所持していたのか。被害者の家に押し入った犯人が持ち去ったとすれば、その理由は何なのか。

幾つもの疑念が湧いてきた。

それを吉田に話すつもりはない。初動捜査に予断は要らない。頭をふって疑念を追い払い、吉田に話しかける。

「三係の連中は何を担当する」

「被害者の周辺の捜査です。とくに、窃盗犯の佐川と被害者の接点……佐川の指紋が採取されたことで、中野署の捜査員はそちらも担当すると主張したのですが、うちの廣川警部補が反対し、三係がやることになりました」

「それならおまえも動きやすい」

「具体的な指示をください。三係の先輩方とバッティングしたくありません」

「同僚に気を遣って仕事になるか」笑って言う。「被害者の経歴をたどれ。被害者は七年前に夫を亡くし、家業のクリーニング店を引き継いだ。が、一年で土地ごと店舗を売り払った。その背景をさぐれ」

「そんな情報をどこから入手したのですか」

「山賀とは連絡を取り合っている」

さらりと返した。

吉田が訝《いぶか》しそうな目をした。捜査会議で報告されないことまで喋ってしまったか。が、気にしない。公安総務課の浅井のことは話さない。隠す必要はないが、浅井との仲を説明するのは面倒だ。教えれば吉田の妄想がふくらむ。

ふかした煙草を消してから吉田を見つめた。

「被害者が店舗の売買契約を結んださいの関係者をあたれ。その当時、被害者と接点があった人物から話を聞け」

吉田が神妙な顔で頷き、ややあって口をひらいた。

「教えてください。どうして店舗の売買にこだわるのですか」

「カネだ。自宅の二階の金庫に二億三千万円と高価な貴金属。被害者名義の預金通帳には二行で七千万円ほどの残額が記帳してある」

通帳の件は鑑識課の音川から聞いた。

「帳尻が合うかどうかということですね」

「ああ。被害者は店舗を売ったあと無職だった。どんな暮らしをしていたのか。無職の六年間でどれほどのカネを消費したのか。調べることは山ほどある」

「わかりました。頑張ります」

吉田が目を輝かせた。

鹿取は首をまわした。

頑張る。努力する。そんな言葉を耳にするだけで肩が凝る。

★　　★

気分が軽くなった。足取りも軽く感じる。

自分は邪魔者なのか。嫌われているのか。

警視庁捜査一課強行犯三係に着任して以降、そんなふうに思い悩んでいた。それに鹿取のひと言が追い打ちをかけた。

――……はっきりしているのは、おまえが臨時雇いということだ――

ハンマーで頭を殴られたような衝撃を受けた。理由を聞いて、納得できた。仲間を思う気持はわかる。病人の健康が回復することは自分も願う。が、割り切れない自分もいる。

異動の背景を教えられていれば内示を拒んだかもしれない。

鹿取の態度も不満だった。自分の味方になるどころか、つれなくされた。

——鹿取さんが自分ならどうします——

——どうもせん——

奈落の底に突き落とすようなもの言いに心がふるえた。

それなのに、いまは鹿取が頼もしく感じる。鹿取が具体的に指示し、その理由を説明してくれたのは初めてのことだった。

自分があてにされているとは思わないけれど、やる気にさせてくれた。今回の捜査で手柄を立てたとしても〈臨時雇い〉の看板は剝がれないだろう。それでもいい。殉職した父の後を追って警察官を志望した。その初心がよみがえってきた。

中野区本町四丁目の路地角で足を止めた。犯行現場から徒歩五分の距離にある。捜査会議で渡された資料を確認し、マンションのエントランスに入った。

レターボックスは二階から六階までが六つ、七階は二つある。プラスチックプレートに〈連絡先　八角《はっかく》不動産　賃貸管理部〉の文字を見て路上に戻った。

マンションの一階はクリーニング店。〈ＴＡＫＡＲＡクリーニング〉の看板は都内のあちらこちらで見かける。

店の自動扉を開けた。

カウンターで五十年輩の女が手作業をしていた。

吉田は警察手帳をかざした。

「警視庁の者です」

「あら」女が手を止めた。「先ほども二人連れの刑事さんが来たわよ」

「お手数ですが、もう一度、お願いします」

「いいわよ。でも、お客さんが来たらごめんなさい」

「わかりました」吉田は警察手帳をバッグに戻し、メモ帳とボールペンを持った。「ここはいつオープンしたのですか」

「六年前よ。亡くなられた方がここの土地を売り、跡地にマンションが建つと聞いて、ひらめいたの。クリーニング店は繁盛していたから、お客さんを引き継ぎ、チェーン店をやろうと……古くからのつき合いの不動産屋に仲介してもらったら、八角不動産もTAKARAクリーニングも乗り気で、とんとん拍子に話がまとまってね」

話すうちに、女の鼻がふくらんだ。

店が繁盛している証《あかし》だろう。

「どこの不動産屋ですか」

女が小首をかしげた。

二人連れの刑事は質問しなかったということか。

「ここを左に真っすぐ、青梅街道に出たところにある宮下《みやした》不動産。わたしはこの近くでアパートも経営していて、古くからの知り合いなの」

「ありがとうございます。ところで、被害者と面識はありましたか」

「ええ。うちのお客さんだった。けど、前の地主だとは知らなかった」

「話をされたことは」

「挨拶だけね。お喋り好きなお客さんもいるけど、あの方は無口だった」

メモ帳に書き、質問を続ける。

「被害者はどんなものをだされていましたか」

女がきょとんとし、すぐに表情を弛めた。

「男物はなかった。衣服のほかは、シーツやハンカチも……うちは収入になるからありがたいけど……」

女が語尾を沈めた。

「その話を二人連れの刑事にもしましたか」

「ええ。亡くなられた方のことばかり訊かれたわ」

背後で音がし、細身の女が入ってきた。

三十代か。髪は栗《くり》色、睫毛《まつげ》が長い。両手に紙袋を提げている。

「ありがとうございました」

言って、吉田は店を出た。

路地を北へむかう。

宮下不動産は宮下第一ビルの一階にあった。カウンターのむこうに六つのスチールデスク、右側に応接セット。こぢんまりとしたオフィスである。

「こんにちは」

あかるい声を発し、中年の女が笑顔で近づいてきた。

客と思われたか。苦笑がこぼれそうになる。警察手帳を見せた。

「警視庁の吉田と申します。中野区本町のＴＡＫＡＲＡクリーニング店のことでお話を伺いたく、参りました」

奥のデスクにいた男が立ちあがった。七十歳前後か。毛のない頭はワックスをかけたかのように光っている。「どうぞ」左手をかざした。

吉田は応接ソファで男と正対した。

もらった名刺には〈宮下不動産　代表取締役　宮下修造《しゅうぞう》〉とある。

「きのうの殺人事件の捜査ですか」

宮下が訊いた。

さぐるようなもの言いで、目には好奇の色を宿している。

「自分のほかに、刑事が訪ねてきたのですか」

「そう。でも、何度でも協力するよ」

中年の女がお茶を運んできた。

宮下が口をつけたあと、吉田は質問を始めた。

「TAKARAクリーニング店の店主とは親しくされているそうですね」

「長いつき合いです。あの方が所有するアパートの管理もまかされています。あの方にかぎらず、うちは、本町、弥生町あたりの多くの物件にかかわっている」

「殺人事件の被害者があそこの土地を売りにだされたときも、ですか」

「相談はありました。奥さんとの縁はさほどではなかったのですが、亡くなられたご主人は子どものころからの友だちでしてね。それを知っていた奥さんが相談にこられた。女手ひとつで店をやるのはむりだったのでしょう」

「当時のことをくわしく教えてください」

「そんなことが事件に関係あるのですか」

宮下の眼光が増した。

「何とも言えません」そっけなく返し、ボールペンを握った。「被害者の元夫、木島朔太《さくた》郎《ろう》さんはどんな方でしたか」

「いいやつでした。小学から高校までおなじ学校で、いつも一緒に遊んでいた。木島は高校を卒業したあと家業のクリーニング店を継いだので、それからはたまにしか遊ばなくなった。やつは親思いでね。ほんとうは大学に行きたかったのに、病弱の父に代わってクリーニング屋の主《あるじ》になったんだよ」

「被害者と結婚されたときのこともご存知ですか」

「もちろん。あのときはびっくりした」

宮下が声をはずませ、目を見開いた。お茶をすすり、話を続ける。

「女には奥手だったからね。クリーニング屋って多忙なんだ。朝から晩まで……たまにわたしと飲んでも日付が変わる前には帰っていた。やつは五十を過ぎても独身だったから、もう結婚はしないと思っていた」

吉田は、資料に書かれた木島朔太郎の経歴を思いだした。享年六十六。五十三歳のとき幸子と結婚した。当時、幸子は三十七歳だった。

「被害者とはどこで知り合ったのでしょう」

「店の客だったのさ。彼女が本町のマンションに引っ越してきて三か月も経たないうちに……やつが、いきなり結婚すると言いだしたものだから、身元を調べて、よく考えたほうがいいと忠告したのだが。恋は盲目とはよく言ったものだ。やつは周囲の心配をよそに結婚し、新居を構えた」

「それまではどちらに住んでいたのですか」

「店の二階に。生まれたのもおなじ。あそこは先祖代々の土地だった」

吉田はペンを休め、ちいさく息をついた。

好奇心がふくらんでいる。気持も逸《はや》りだした。頭を整理し、口をひらく。

「周囲の心配と言われましたが、具体的にはどういうことですか」

「そりゃ、あなた。言わずもがなでしょう」

宮下があっけらかんと答えた。

「資産がめあて……ですか」

「誰でもそう思う」

「結婚する前の、被害者の職業を知っていますか」

「たしかなことはわからない。木島も口を濁していた。で、わたしは調べてみた。同業者に頼んで、彼女の部屋の賃貸契約書を見せてもらった。勤務先は歌舞伎町の何とか商事……住所を調べたら水商売の店が入るテナントビルだった」

「そのことをご主人に話しましたか」

「しなかった。心配でも、水を差すのは気が引けてね」

「夫婦仲はどうでしたか」

「それだよ」宮下が表情を弛める。「奥さんは働き者だった。接客はひとりで仕切り、木島は奥で黙々とアイロンをかけていた。それを見て、安心した」

「夫婦の間にトラブルはなかったのですね」

「そう思う。すくなくともわたしの耳には入らなかった」

「ご主人は病死だったとか」

「そう。クモ膜下出血であっけなく……働き過ぎだったんだな」

ぼそっと言い、宮下が肩をおとした。

吉田は肩を回して間を空けた。

「最後の質問です。あの土地は幾らで売却したのですか」

「三十四坪で約八千七百万円。現在の相場は一億円を超えるが、当時はリーマンショックの影響で価格が下落していた」

「そのことを、被害者は理解していましたか」

「相場を訊かれたとき、そういう話をしたのは憶えている」

「売り急いだということですか」

「さあ。奥さんの胸のうちはわからない。うちは主に賃貸物件を扱っているので、奥さんには取引のある大手の不動産会社を紹介した。契約に至る交渉の過程をふくめて、くわしいことは知らないんだ」

「いろいろと、ありがとうございました」

メモ帳とボールペンをバッグに収めかけて、ふと思いついた。

「ごめんなさい。もう一点……ご主人が亡くなられたあと、被害者の身なりや態度に変化はありましたか」

「どうかな。最初に言ったと思うが、奥さんと親しくしていたわけではないので……木島の一周忌法要のあとは顔を見る機会もなくてね。年に二、三度、道ですれ違ったときに挨拶を交わす程度だった」

「被害者と親しかった方をご存知ですか」

「知らないね。近所づき合いはあまりなかったんじゃないかな。木島も人づき合いが苦手のほうだった。そのせいか、一周忌法要は寂しかった」

しんみりとした口調だった。

吉田はもう一度、礼を言い、席を立った。


夜の捜査会議をおえ、中野署を出た。

風が強くなっていた。ひんやりとして、肌に快い。昼間は真夏日のようで、移動するときはジャケットを手にしていた。

あとで中野新橋にこい。会議の前にかけた電話で鹿取にそう言われた。

名前を呼ばれ、ふりむいた。

男が近づいてくる。細身で、顔も細長く、頬骨がとがっている。

見覚えがある。初回の捜査会議で鹿取の名前を口にした男だ。

「自分は中野署捜査一係の京山といいます」

「吉田です。なにか用ですか」

「ええ。あなたは本庁の鹿取警部補とコンビを組んでいるそうですね」

「警部補は謹慎中です」

つっけんどんに返した。

いきなりの、絡みつくようなもの言いにかちんと来た。

京山に怯《ひる》む気配はない。それどころか、窪《くぼ》んだ眼窩《がんか》が鈍く光った。

「ひとりで動いているのですか」

「あなたにとやかく言われる筋合いはない。上の指示です」

「正直に答えてください。鹿取警部補と連携しているのか、どうか」

「聞いてどうするの」

雑なもの言いになった。

「連携しているのなら、おおいに問題がある。捜査情報の漏洩にあたる。鹿取警部補は部外者……それどころか、事件の関係者です」

「冗談言わないで」

京山の胸ぐらを摑《つか》みそうになった。

「鹿取警部補と連携しているのなら、あなたも会議にでないでもらいたい」

「………」

開いた口がふさがらない。身体中の血が逆流しそうだ。

「京山」

中野署のほうから声がして、京山がふりむいた。

五十年輩の男が近づいてきた。中野署の米村だ。

「何をしている」

「この方が」京山が手をかざした。「本庁の吉田巡査部長です。謹慎中の鹿取警部補とコンビを組んでいるか、確認していました」

「ばかなことを」

あきれたように言い、米村が視線をむけた。

「申し訳ない。無礼があったら、お許しください」

頭をさげられようとも引き下がるわけにはいかない。

「この件は上司に報告します」

「なにも、ことを複雑にすることはないでしょう」

言葉遣いは丁寧でも、声に棘《とげ》が感じられた。

「どういう意味ですか」

「鹿取さんへの対応は幹部の間でも意見が割れている。火に油を注ぐようなまねをすれば収拾がつかなくなる。ここは堪えてくれないか。この通りだ」

米村が腰を折った。

「やめてください」京山が声を張る。「謝る必要はない」

「そうはいかん。おまえのやったことは越権行為だ。処罰されても仕方ない」

「自分を処罰する前に、鹿取警部補を……」

「黙れ」

米村が怒鳴りつけ、吉田と目を合わせた。

「どうぞ、行ってください」

吉田は二人に背をむけた。

売られた喧嘩は買う。しかし、鹿取の立場がある。米村の言うことも一理ある。ことを荒立てれば、鹿取との連携が解消されるかもしれない。

肩で風を切るようにして歩いた。

青梅街道を渡り、路地を左に右に曲がれば『円』にたどり着く。

鹿取は『円』の二階で寝そべっていた。

見たくもない。自分に人を見る目がないのかとも思う。

ジャケットとショルダーバッグを脇に置き、座卓の前に座った。

鹿取がものぐさそうに身体を起こした。頬杖をつき、煙草を喫いつける。

吉田もバッグからハイライトを取りだした。無性に喫いたくなった。

「苛々しているのか」

鹿取に言われ、ますます神経がとがった。

「鹿取さんのせいです」

先刻の、京山とのやりとりを話した。

「茶番よ」

鹿取がにべもなく言った。

「米村さんがやらせたと言うのですか」

「何でもありだ。まだわからんのか」

「わかりません。わかりたくもないです」

言って、煙草に火をつけた。

咽がひりひりする。一服喫って消した。乱れた気持をなだめるために喫煙を始めたが、気性を変えることはできそうにない。

足音がして、女将の郁子があらわれた。

「遅くまで大変ね。食事は」

「まだです」

女将の笑顔に誘われ、つい口にした。

ビールの小瓶とグラス、二種類の小鉢を置いて、女将が腰をあげる。

吉田は手酌でビールを飲んだ。美味い。息をつき、メモ帳を開いた。

「被害者がクリーニング店を売ったときの契約内容がわかりました」

前置きし、宮下不動産の代表の話を報告した。

酒をやりながら聞いていた鹿取が口をひらく。

「売買契約書を確認したか」

「はい。午後から仲介業者を訪ね、見せてもらいました。コピーは取っていません。うちの廣川警部補が午前中に訪ねてきて、コピーを持ち帰ったそうです」

声に悔しさがにじんだ。

その話を聞いたとき、思わず顔をしかめた。が、さすが廣川と思い直した。おどろいたのは、夜の会議で廣川がそれを報告しなかったことである。

——何でもありだ。まだわからんのか——

先ほどの鹿取の言葉は身に沁《し》みている。それでも、認めたくない。

報告を続ける。

「被害者が所持していたおカネの額は土地売却で得たおカネの倍以上です。が、クリーニング店は繁盛していたそうなので、帳尻が合わないとは言い切れません」

「解説はいらん。不動産屋の話で、ほかに気になる点は」

また神経が疼《うず》きだした。授業を受けているような気分になった。我慢し、宮下とのやりとりを反芻《はんすう》した。

「売却の時期が気になります。クリーニング店は繁盛していた。重労働に嫌気が差したとしても、地価がさがった時期に売った理由が釈然としません」

「そのことを、仲介業者に訊いたか」

「奥さんの胸のうちはわからないと」

「まあ、いい。懐に余裕があっても目先のカネにこだわる連中もいる。そんな連中の気持はわかる。人間、いつ死ぬかわからん」

「……………」

吉田は口をつぐんだ。気の利いた言葉がうかばない。

鹿取の冷めたもの言いには慣れた。世間を見切っているのか。諦観しているのか。あるいは、達観か。見下しているように感じるときもある。

自分とは考えが異なる。受け入れられない部分もある。それなのに、反発できないのはどういうわけか。

――真実というやつが人の心の中にしかないのなら、それは誰にもわからん。知り得るのは事実。刑事は事実を積み重ねるしかない――

前にコンビを組んだとき、そういうふうに言われた記憶がある。

女将が長方形の盆を運んできて、吉田の前に置いた。

鱧《はも》のおとし、笹《ささ》がれいの汐焼《しおや》き、稚鮎《ちあゆ》の天ぷらに酢の物。どれも咽が鳴る。

鹿取の前には小鉢ひとつを置いた。

吉田は身を乗りだした。

「何ですか、それ」

「水茄子《なす》の塩もみ」

ぼそっと言い、鹿取が指でつまむ。頬が弛んだ。

「あなたのもあるよ。大葉と茗荷を和えたけど」

「ありがとうございます」

女将に礼を言ったが、鹿取の水茄子が気になる。

「ほしかったら取りにおいで」

言い残し、女将が立ち去った。

姿勢を戻し、鹿取に話しかける。

「食べながらでもいいですか」

「料理に失礼だ。ゆっくり食え」

頷き、吉田は箸を持った。

あらがう理由はない。馳走はたのしみたい。

吉田が黙々と食べているあいだ、鹿取は水茄子と沢庵を肴《さかな》に酒を飲んでいた。

料理を残さずたいらげ、吉田は箸を置いた。お茶を飲み、口をひらく。

「夫を亡くし、店舗を売却したあとの被害者の生活がよく見えません。被害者の自宅近くの住民から話を聞いたのですが、親しくしていた人はいなくて、普段どういう生活をしているのかわからなかったという証言ばかりでした」

「あの家に人の出入りはなかったのか」

「特定の人物を見かけたという証言はありません。会議でもその件がでて……住民に佐川の写真を見せても、誰もが首をふったそうです」

「ふーん」

鹿取が目をつむって首をまわした。

思案するときの癖だ。吉田は座卓に両肘をついた。

「なにか、気になりますか」

「被害者はカネと時間があり余っていた。無職になってカネが増えた可能性もでてきた。

ダルマに資産は増やせない」

「株や金融相場で儲《もう》けたとも考えられます」

「被害者の口座にそれを示す動きはなかった」

「調べたのですか」

どうやって。あとの言葉は胸に留めた。

まともな答えが返ってくるとは思えない。が、発言は信頼できる。

午前中の、鹿取とのやりとりがうかんだ。

——そんな情報をどこから入手したのですか——

——山賀とは連絡を取り合っている——

鹿取のひと言は鵜呑《うの》みにしていない。前回コンビを組んでわかったことがある。どういう手続を踏んだのか知る由もないが、鹿取は、通話記録や金融機関の入出金明細書、住民基本台帳などの個人情報を入手していた。捜査本部が把握していない警察情報も知っていた。情報源に興味はあるが、訊くだけむだと思う。

鹿取が口をひらいた。

「夜になってでかける被害者を見たという証言が複数ある」

「えっ」

吉田は目をぱちくりさせた。

きょうの聞き込みではそういう話を聞かなかったし、先ほどの捜査会議では誰からもそういう報告はなかった。

「化粧をし、おしゃれをしていたとの証言もある」

「どこからの情報ですか」

「山賀から聞いた。廣川らが集めたそうだ」

「初耳です」

「それはそうだろう。証言のウラを取るまで会議で報告するわけがない」

「まったく……被害者はどこへでかけていたのでしょう」

「想像してみろ」

言って、鹿取が頰杖をつく。煙草に火をつけ、美味そうにふかした。

その仕草を見て、はっとした。正確には、宮下の話を思いだした。

「新宿の歌舞伎町ですか」

「不動産屋の話が事実なら、結婚前、被害者は歌舞伎町で働いていた可能性がある」

「調べてみます」

声がはずんだ。

宮下が二十年前に得た情報を正確に憶えているか不安はある。しかし、テナントビルの名称を思いださなければ、虱潰《しらみつぶ》しにあたるだけのことだ。

「ついでに、女がひとりで通うような店もあたれ」

「ホストクラブですか」

「ほかにも……女たちがよく出入りするバーも増えているそうじゃないか」

吉田は頷いた。

友人に聞いたことがある。そのときは聞き流した。興味の対象外だった。そんな女の心中を覗きたくもなかった。

鹿取が携帯電話を手にした。

「これから行く」

言って、顔をむける。

「おまえ、小田急線だな。新宿駅まで送ってやる」

「歌舞伎町は……」

「時間を考えろ。稼ぎ時に行って、相手にされると思うか」

「あしたから動きます。鹿取さんはどちらへ」

「一々、訊くな」

吉田は肩をすぼめた。

何度も聞いた。そのうち耳に胼胝《たこ》ができる。

★　★

陽光がうっとうしい。助手席のサンバイザーを降ろしていても、ボンネットからの反射光で目がちかちかする。

鹿取はシートを倒し、目をつむった。寝不足で頭が鉛のようだ。

きのうは飲み過ぎた。中野新橋でタクシーを拾い、吉田をJR新宿駅東口で降ろしたあと、赤坂のカラオケボックスへむかった。

――浅井さんからファクスが届きました――

夕方によこした電話で、松本が言った。うれしそうな声音だった。

カラオケボックスでは水割りを飲みながら、資料を読んだ。殺害された木島幸子、捜査本部が行方を追っている佐川健一の個人情報である。

警察データに載っていなくても、形式的な手続きを踏めば個人情報は得られる。機密性の高い事案を扱う公安部署は手続きを省略することもできる。

住民基本台帳をベースに各所へアクセスすれば、犯歴、渡航歴、病歴はもとより、金融機関の入出金明細、資産状況まで調べられる。

国民はガラス張りの部屋で暮らしているようなものだ。利便性とサービスを求め、人々は行く先々の店でポイントカードを作るから個人情報は増える一方である。

警察にかぎらず、民間企業もそれを活用している。人材派遣会社は膨大な量の個人情報を所有し、企業は社員を採用するさい、その情報を参考にするという。

資料に目を通したあと、松本を連れて遊びに行った。夜の街を歩けば時間にもカネにもだらしなくなる。そういうことを気にしながら遊びたくはない。カラオケボックスに戻るときは空が白んでいた。

けさは携帯電話の音で目が覚めた。熟睡していてもその音には反応する。

「鹿取さん、もうすぐ中野坂上の信号です」

松本に言われ、目を開けた。シートを起こすと、めまいがした。

「信号の先で停めろ」

「待っていましょうか」

鹿取は運転席を見た。

松本の表情は冴《さ》えない。きのうも街にでかける前はそうだった。

理由はわかった。先日、松本は妹の勧めで見合いをした。その相手が、松本らが経営するオフィスで働くようになったという。

——妹の謀略《ぼうりゃく》です——

他人のぼやきは耳に心地よい。ついつい深酒になった。

「仕事をサボっていると、クビになるぞ」

「夕方から出社します」

「そんなに嫌なのか」

「いい人なのですが……頭が硬いというか、融通が利かないというか。とにかく、鹿取さんとは合いそうにないです」

「はあ」

間のぬけた声になった。

横断歩道を過ぎて、メルセデスが停まった。

「円で昼飯を食っていろ」

「あとでこられるのですか」

「用が済めば連絡する」左前方を指さした。「あのファミレスにいる」

鹿取はシートベルトをはずした。


まもなく午前十一時半になる。

混雑する店内の光景がうかび、気分が重くなった。人集《ひとだか》りには近寄りたくない。

ファミリーレストランは空席がめだった。それもつかの間のことだろう。

強行犯三係の山賀係長は前回とおなじ席に座っていた。

ウェートレスに声をかけたあと、ドリンクを持って山賀の正面に座った。

「また二日酔いか。目が死んでいるぞ」

言って、山賀が両手を動かした。

白身魚のフライとクリームコロッケ。別の皿に鶏の唐揚もある。

胃の残滓《ざんし》がせり上がってきそうだ。アイスレモンティーを飲み、煙草をくわえた。やたら不味《まず》い。舌がざらざらする。

「けさ早く、家宅捜索をかけた」

山賀がフォークを持ったまま言った。

「佐川の家か。容疑は」

「窃盗よ。送検を見送ったくせに……節操《せっそう》のないやつらだ」

「刑事に節操はいらん」

「そりゃそうだ」山賀がにやりとする。「おまえは節操も分別も、礼儀もない」

「ありがとう。で、成果は」

山賀が首をふる。残りの料理をたいらげ、視線を合わせた。

「気になる点が二つある。きのうの夜、佐川の自宅近くで聞き込みを行なった連中が佐川とつき合っていたという女から話を聞いた。新大久保の韓国料理店の店長の証言から、その女の存在がわかった。佐川は韓国料理店の客で、出入りしているうちアルバイトの店員とデキたらしい。女によれば、つき合ったのは去年の秋の二か月ほどのことで、佐川の部屋に何度か泊まったそうだ」

「…………」

鹿取は首を左右にかたむけた。前置きが長すぎる。

山賀が続ける。

「その当時、佐川の部屋にはノートパソコンがあったらしい。それがなかった。佐川はスマホとガラケーを持っていたとも証言した。一緒にいるとき、佐川は頻繁にスマホを見ていたそうだが、スマホは仕事用だと言って、女にはガラケーの番号しか教えなかった。佐川名義の携帯電話はガラケーのほうだけだ」

「佐川を窃盗の容疑で逮捕したさい、所持品検査をしたんじゃないのか」

「検査はした。書類には両方が記されていた。が、どちらの携帯電話の番号も記載されていなかった。あきらかなミスだ」

「スマホは闇の流通品というわけか」

闇というほどのことはない。

名義人と使用者が異なる携帯電話はごまんとでまわっている。特殊詐欺グループが出入りしていた部屋で二百数十個もの携帯電話が押収されたこともある。警察はその大半の名義人と接触できなかった。

「おそらく。これまでのところ、佐川のスマホの番号を知る者は見つかっていない。佐川がどんな仕事をしていたのかも不明だ」

鹿取は頷いた。

公安総務課の浅井がファクスで送ってきた資料と齟齬《そご》はない。その資料にも佐川のガラケーの通話履歴しか載っていなかった。

――職業は不明。現住所には八年間住んでいる。岐阜県の公立高校を卒業後、上京。大田区の工場で事務職として勤務するが、二年半後に退職。退職の理由と、その後の経歴は不明。現住居のマンションの賃貸契約書には〈自営業〉と書いてあり、連帯保証人の欄には実家の父親の名前がある。住民基本台帳に収入の記載はなく、確定申告も行なっていない――

資料にはそんなことが記されていた。

「佐川の自宅近くでの目撃情報はあるか」

「おなじマンションに住む女がエレベーターで鉢合わせた。窃盗事件をおこす三時間前のことで、エレベーターの防犯カメラでも確認した。女の証言どおり、佐川はリュックを背負い、スマホを見ていた」

「防犯カメラが佐川を捉えたのはそれが最後か」

「そのようだ」

鹿取はコーヒーで間を空けた。

「目撃した女と佐川は面識があったのか」

「エレベーターとエントランスで何度か顔を合わせ、そのたび、挨拶の言葉をかけられたと……深夜に帰宅したときは、お帰り、と言われ、面食らったそうだ」

「女の職業は」

「歌舞伎町のクラブに勤めている」

「その女の連絡先を教えろ」

「おいおい。中野署の連中が怒るぞ」

「知ったことか。それが最後の目撃者なら、ほかに訊きたいことがある」

山賀の話を聞くうちに佐川の人となりが気になりだした。

中野署の取調室での印象と異なる。

それに、あのとき、佐川はリュックを持っていなかった。新大久保のマンションから中野区本町まで車なら十分で着く。電車かバスを利用しても三十分ほどか。エレベーターの防犯カメラの話から、佐川がいったん帰宅したとは考えにくい。

ふと思いつき、それが声になる。

「佐川の身なりは」

「ジーンズにクリーム色のパーカーを着ていたと」

「……………」

鹿取は口を結んだ。

それも記憶と異なる。が、あれこれ推察してもらちが明かない。女の目撃情報には中野署の米村らも着目したはずである。

「おまえのほうはどうだ」山賀が訊く。

「ひまよ。で、酔い潰れる」

山賀は表情を変えなかった。すっかり慣れているのだ。

「吉田は何をしている」

「被害者の経歴をたどっている」

鹿取は、不動産業者らの証言をかいつまんで話した。

「女は変わるからな」

山賀が独り言のようにつぶやいた。

そうかな。声になりかけた。

立場や環境によって、あるいは、人との出会いによって、別人のように変わる人がいるという。鹿取もそう感じたことはある。が、そんな人物のちょっとした仕種《しぐさ》を見て、過去の記憶がよみがえったこともある。

アイスレモンティーを飲んでから口をひらく。

「廣川も被害者の周辺を洗っているのか」

「そのようだ。が、成果のほどは報告せん。毎度のことだ」

「現場から逃走したと思われる二人の手がかりは摑めたか」

「進展がない。当然といえば当然……捜査本部《チヨウバ》の大半は佐川の行方を追っているからな。

盗難車がむかった新宿方面の範囲をひろげて、防犯カメラとNシステムの解析を急いでいるが、車は発見されていない」

鹿取は視線をそらした。

店内が賑《にぎ》やかになってきた。女たちの甲高い声が神経にふれる。

「どうする」山賀が言う。「歌舞伎町をあたるのか」

「いまのところ、ほかにやることがない」

「マンションの女の情報はあとでメールを送る」

山賀が伝票を手にし、鹿取に差しだした。


青梅街道を新宿方面へむかった。小滝橋通りを経て、大久保通りに入る。

JR中央線の高架下を過ぎて、松本が車を減速させた。

「新大久保駅の先を左折し、どこかの駐車場に入れ」

松本がカーナビで駐車場をさがした。利用状況も確認できる。

大久保二丁目の路地角にある駐車場にメルセデスを駐《と》め、そとに出た。

「どちらへ」松本が訊く。

「散歩よ」

そっけなく返し、大久保通りへむかって歩く。

左前方に灰色のマンションがある。結城ハイムの三〇一号室が佐川健一の住居だ。手前の路地角にスーツとジャンパーを着た男がいる。張り込みだろう。

鹿取は目もくれず前に進んだ。

雰囲気で刑事と察したか、松本も視線をやることなく無言でついてくる。

ポケットの携帯電話がふるえた。画面を見て、耳にあてる。

《吉田です。新大久保駅に着きました》

「改札を出たところにいろ。二分で着く」

ＪＲ新大久保駅は山手線の電車だけが停まる。利用客は山手線内で三番目にすくなく、改札口は大久保通りに面した一箇所のみである。新大久保駅から中央線大久保駅までの一帯をコリアンタウンと称しているが、ハングル文字の看板を掲げた店は新大久保から大久保二丁目交差点へむかう三百メートルほどの間に密集している。

通りは賑わっていた。二十歳前後の女が大半で、外国人の姿も目につく。スマートフォンを見ながら歩く女とぶつかりそうになった。これまでに幾度か仕事で訪れたが、この街はなじめそうにない。これからの季節は近づきたくない。人いきれにキムチのにおいがまじり、気分が滅入る。

新大久保駅に着く前に、吉田が駆け寄ってきた。松本に声をかける。

「こんにちは。松本さんも一緒でしたか」

吉田と松本は三月の殺人事案の捜査のさなかに顔を合わせた。

初対面のときの車中での二人のやりとりは憶えている。「相棒よ。痔《じ》がひどくてむりを頼んだ」鹿取がそう紹介したあとのことだ。

――北沢署の吉田です。自分も鹿取さんの相棒です――

――兄弟分ですね――

あのとき、松本のひと言に吉田が目を点にした。

風貌から堅気ではないと感じたのか。松本の目つきがやわらかくなったとはいえ、坊主頭の丸顔は極道者かマル暴担の刑事にしか見えない。

「きょうも運転手です」

松本が笑顔で答えた。

吉田が視線をずらした。

「鹿取さん、痔が再発したのですか」

「そうよ」

あっさり返し、周囲を見る。

吉田が話しかける。

「どこに行くのですか」

「話せる店」

「それならまかせてください。煙草が喫えます」

「若い女の溜まり場か」

「………」

相手にされなかった。

新大久保駅の斜め前にあるビルの階段の前で、吉田が身体を寄せた。

「松本さんは民間人ですよね」

耳元でささやいた
意味はわかる。松本の前での報告は気が咎《とが》めるのだ。

「マツ、三十分ほど散歩してこい」

松本が笑顔で離れた。

都内では見慣れた店名の喫茶店は分煙になっていた。喫煙エリアのほうがひろいのは土地柄か。固定客に喫煙者が多いのか。何でもデータに頼る時代である。

喫煙エリアの壁際の席に座り、コーヒーを注文する。

吉田がメモ帳を開いた。

「ウラが取れました」

「何の」

「化粧をし、おしゃれをしてでかけていたという証言です」うれしそうに言う。「被害者の家のドレッサーとクローゼットを調べました。流行《はや》りの化粧品やブランドの衣装が何点も……どれも高価なものです」

「見て、わかるのか」

「失礼な。自分には無縁の代物ですが、一応、女です」

「すまん」

素直に詫《わ》びた。

化粧をし、身なりを構えれば他人の目を引く女になるとは思っている。

吉田が話を続ける。

「きのう訪ねたクリーニング店でも証言を得ました。被害者がブランドの服を持ってくるようになったのは一年ほど前からだそうです」

「そんなことも憶えているのか」

「データですよ。そこはフランチャイズ店なので顧客情報はしっかり保管しているのでしょう。店主はタブレットを見ながら話していました」

「ほかには」

「日常の暮らしに変化はなかったみたいです。被害者は、週に一、二回、近くのスーパーマーケットで買い物をしていました。まめに料理をつくっていたようで、それは家のキッチンを見ればわかります。コンビニの店員も被害者を憶えていて、身なりや雰囲気は変わらなかったように思うと証言しました」

「平凡な女か」

つぶやき、煙草をふかした。

「そうとは言い切れません」

「ん」

「他人に無関心な時代です。それなのに、スーパーやコンビニの店員は被害者のことを憶えていた。印象の薄い女ではなかった……そういうことでしょう」

「…………」

鹿取は吉田を見つめた。

吉田がにこりとし、ショルダーバッグに手を入れる。

「不動産屋から借りてきました」一枚の写真をテーブルに置く。「七年前、被害者の夫が亡くなる三か月前に撮ったものです。飲み会の席に、初めて女房を連れてきたので記念にと思い、写真を撮ったと……被害者の左にいるのが夫です」

鹿取は写真を手にした。

男二人にはさまれて、笑顔の被害者が写っている。どこかのバーか。説明がなければ、ホステスのようにも見える。

「被害者の体格は」

「百五十二センチ、四十八キロ。すこしぽっちゃりしていて、男好きのする顔だったと……不動産屋の証言です。そういうのも不安だった要因かもしれませんね」

「何度も言わせるな。感想はいらん」

首をすくめ、吉田が別の写真を差しだした。

「こちらは、披露宴の写真です」

水色のドレスを着ている。

「変わらんな」

思わず声になった。

「ええ」

吉田の表情があかるくなった。意味がわかったのだ。

「十数年の隔たりがあるのに、ひと目でおなじ人物だとわかります。夫のほうは面影が残っている程度なのに」

「最近の写真はなかったのか」

「残念ながら……家にはアルバムの類もありませんでした」

鹿取は頷いた。

被害者は運転免許証もパスポートも持っていなかった。マイナンバーカードは申請しておらず、クレジットカードも所持していなかった。

カフェ・オ・レを飲んでから、吉田が視線を戻した。

「歌舞伎町の件ですが……被害者が二十年前に勤めていたと思われる何とか商事の所在地がわかりました。不動産屋が地図を見て、ビル名を思いだしたのです。夕方から歌舞伎町で聞き込みをします」

「それまではどうする」

「この写真を持って、佐川の自宅周辺をあたります」

「中野署の連中が張り込んでいるぞ」

「関係ないです」吉田が声を強めた。「自分も職務です。目的も異なる。それに、鹿取さんは自分が言ったことを忘れたのですか」

「ん」

「仲間に遠慮はいらないと」

「尻も自分で拭え」

「それもセクハラ……言っても無意味ですね」吉田が目元を弛めた。「その写真は、どうぞ。コピーを取りました」

被害者の写真をジャケットのポケットに収め、そとに出た。

道の端に松本が立っていた。

吉田が近寄る。

「ここで待っていたのですか」

「いま来たところです」

松本が屈託なく返した。

顔にうそと書いてある。不器用なことこの上ない。

気づいたのか。「ごめんなさい」吉田が頭をさげた。


吉田と別れ、大久保通りを歩く。

「アジア民族の坩堝《るつぼ》ですね」

周囲を見渡し、松本が言った。

通りには白人も黒人もいる。松本は看板を見たのだろう。

かつては韓国料理店ばかりが目についたけれど、現在は東南アジアや中央アジア、中近東の諸国の民族料理店も増えている。

松本に話しかけた。

「腹が減った。おまえは」

「おなじです。ただし、魚醤《ぎよしよう》を使う店はご勘弁を」

「右におなじよ」

松本が左右に目をやった。食欲をそそりそうな店をさがしている。

ポケットの携帯電話がふるえだした。手に取り、画面を見る。

「はい、鹿取」

《浅井です。至急、会いたいのですが。いま、どちらですか》

「新大久保。これから昼飯よ」

《好都合です。どのあたりですか》

鹿取は左右を見た。

「近くに風花堂という店がある」

《その店の数軒となり、黄龍楼《こうりゅうろう》という看板が見えますか》

「中華屋だな」

《はい。そこで食べていてください。三十分もあれば合流できます》

通話を切り、『黄龍楼』へむかった。

五階建てビルの一階から三階が客席だった。一階はほぼ満席で二階に案内された。窓際の長方形のテーブル席に着く。窓から通りが一望できた。

食べおえるのを見計らったかのようなタイミングで、浅井があらわれた。

濃紺のスーツに濃いブラウンのスリムタイ。浅井は私立大学の法学部を卒業し、警視庁に入庁した。いわゆる警察官僚ではない。が、立ち居、振る舞いは官僚然としており、部署の内外から人望を集めているという。

「済みましたか」

「ああ」

「では、四階へ移りましょう」

浅井がきびすを返した。

四階はオフィスで、スタッフルーム、応接室に分かれていた。

浅井がオフィスを覗き、黒服の男に声をかける。

応接室に入ってから紹介された。

「専務の黄志忠《オウシチユウ》さんです」

「警視庁の鹿取。連れは相棒の松本です」

警察手帳は見せなかった。

見せれば松本がこまる。それに、見せる必要がないように感じた。

黄志忠は四十代半ばか。髪はオールバック、顔は丸みがある。鼈甲縁《べっこうぶち》の眼鏡の奥に他人を威嚇するような光を宿している。

鹿取はソファに腰をおろした。

ソファはコの字型に配され、七人が座れる。

「黄さん、ありがとう。一時間ほどで済みます」

「わかりました。お茶を運ばせます。用が済んだら声をかけてください」

流暢《りゅうちょう》な日本語で言い、黄が部屋を去った。

浅井が正面に座るのを待って、声をかける。

「何者だ」

「この店の二代目です。父親が健在なので肩書は専務ですが、この店の全権をまかされており、近々、銀座にも店を構えるそうです」

「表向きの話に興味はない」

鹿取はぶっきらぼうに言った。

浅井が目で笑い、口をひらく。

「何者に見えますか」

「情報屋……それも、脂っこい。やつは前科持ちか」

「そうなる前に、公安部がかかえました」平然として言う。「二十代の黄はグレて、売春の元締のようなことをしていました。中国やロシアの美女を集め、会員制の出会い系クラブを運営していた。組織犯罪対策部が内偵捜査を始めたのですが、黄の出自《しゅつじ》が気になり、公安部に身元照会を依頼した」

浅井が言葉を切った。

チャイナドレスの女が茶器セットを運んできた。

「あとは自分がやります」

浅井が丁寧に言った。

女が立ち去ったあと、浅井が白磁のポットを持ち、三つの茶碗に注いだ。

いい香りがひろがった。ジャスミンティーのようだ。

「黄の父親は日本在住の華僑《かきょう》の世話役でして、中国大使館ともつながりがある。公安部の監視対象のひとりです」

「渡りに船と、黄を攫《さら》ったわけだな」

「取引ですよ」笑って言う。「組織犯罪対策部には覚醒剤密輸事案の情報を提供した。他方、自分が黄に接触し、取引を持ちかけた」

「あっさり応じたのか」

「はい。逮捕ではなく、中国本土からの命令……強制送還されるのを恐れた」

「そういう絵図を描いて、やつを威した」

「否定はしません」

澄ました顔で答え、浅井が茶碗を手にした。

鹿取も飲んだ。やさしい味がした。煙草をくわえ、火をつける。

浅井が視線を戻した。

「被害者宅の二階の金庫にあった宝石は盗品でした」

「………」

鹿取は目をしばたたいた。

頭の中を幾筋もの閃光《せんこう》が駆けた。

盗品であってもおどろきはしない。

――至急、会いたいのですが――

浅井がそう言う理由はひとつしか思いつかない。公安事案が絡んでいる。

「それも、三箇所の店舗から盗まれたものです。去年四月の新宿、同九月の赤坂、ことし一月に銀座でおきた宝飾店強盗事件……ご存知ですか」

「ああ。強行犯の一係と五係が担当した。どれも未解決だよな」

「ええ。三つの事案は犯行状況に共通点が多く、赤坂の事案からは組織犯罪対策部も捜査に加わりました」

「公安部は独自捜査か」

「そうです」

「犯人は中国人らしいな」

浅井がこくりと頷いた。

捜査一課は中国人の犯行と発表していない。外交面を考慮したのだ。

「C5……公安部の符牒《ふちょう》です。三件の犯行に最低五人が関与したのは判明している。盗難車を使い、全員が目出し帽を被って、深夜に乱暴な手口で犯行をかさねた。C5……チャイナの五人組と命名したのは、犯人のひとりの素性がわかったからです。九月に赤坂の宝飾店を襲撃したさいに使用したと見られる盗難車に残っていた指紋が公安部のデータにあるそれと合致した」

浅井が諳《そら》んじるように喋った。

いつも感心する。頭にICメモリーを埋めているかのような記憶力の良さだ。

「チャイナ・マフィアか」

「それは何とも言えません」

「指紋であきらかになった野郎の名は」

「武陽漢《ブヨウカン》」

浅井がセカンドバッグからボールペンを取りだし、紙ナプキンに書いた。

見て、鹿取は紙ナプキンをジャケットのポケットに入れた。

「武は、新宿での強盗事件が発生する直前まで、新宿にある外国語学校で中国語の講師をしていました。その当時、彼は中国大使館の一等書記官、安建明《アンケンメイ》と接触していた。安書記官は中国海軍からの出向で、諜報活動を行なっているとの疑いがあり、現在も公安部の監視対象になっています」

「で、公安は武の素性を調べ、監視中に隙を見て、指紋を採取した」

「そのとおりです。盗難車に残された指紋と武の指紋が合致したのを受け、公安部は彼の行方を追った。講師時代、武は大久保一丁目のアパートに住み、新大久保駅周辺で遊ぶのを確認していたので、この街が捜査の重点地域になった」

「情報屋も総動員か」

「はい。黄志忠をふくめ、この街には複数の情報屋がいます」

浅井が声を潜めた。

盗聴を気にしたか。

公安部の連中は情報屋を信頼していない。相手の疵《きず》につけ入り、威し半分で情報屋に仕立てるからだ。実際、うその情報を摑まされるのは日常茶飯事で、相手に寝返られて身に危険が及ぶこともある。

鹿取は何度も苦い経験をした。

「そのことを、捜査一課は承知か」

「いいえ」

予想通りの返答だった。

公安部は手持ちの情報を他部署に提供しない。

公安部が独自に武陽漢の行方を追った理由は考えるまでもなかった。安書記官とかかわりのあった人物だからである。

武陽漢の所在を突き止めたとしても、捜査一課には教えない。この店の黄志忠とおなじように、武に取引を持ちかけて情報屋に仕立てようとするだろう。公安部にとって、強盗事案は二の次、三の次で、中国大使館の要人のほうがはるかに重要な事案といえる。

「武陽漢を見たという最後の目撃情報を提供したのが黄志忠でした」

浅井が席を離れ、窓際に立った。

鹿取も続き、松本は残った。

「斜め前の」浅井が通りのむこうを指さした。「韓国料理店の東栄門《とうえいもん》」

眉根が寄った。

上司の山賀からのメールにも〈東栄門〉の店名があった。佐川がつき合っていたという女がアルバイトをしていた店である。佐川とおなじマンションに住む女の名前と携帯電話の番号も書いてあった。

「公安部の監視中に、武陽漢が利用した店のひとつです」浅井がひと息つく。「去年の十一月、黄からの報《しら》せで急行したのですが、やつの姿はなかった。気配を察し、逃走したのでしょう。注文した料理はほとんど食べていなかった」

「ひとりだったのか」

「女連れで、店員によれば、日本人らしく、日本語を喋っていたそうです」

鹿取は無言で席に戻った。

浅井も腰をおろした。顔を近づける。

「どうか、しましたか」

「あの店に、窃盗犯の佐川が出入りしていた」

「なんと」

浅井が刮目《かつもく》した。すぐに表情を崩す。

「さすが、鹿取さん。引きが強い」

「引いてない」

「改めます。事件が鹿取さんを呼んでいる。犯人に愛されているのかも」

「……………」

あきれてものが言えない。

となりで、松本が笑いを嚙み殺した。

それを無視し、浅井に話しかける。

「C5に日本人が加担する可能性はあるか」

「ゼロに近いと思います。不良中国人は結束力が強い。日本人にかぎらず、他所《よそ》の国の者とは組まないでしょう」

「C5が中国大使館とつながっている可能性はどうだ」

「安書記官の件があるので、ゼロとは言えません。それに、盗んだ宝石を日本で売り捌《さば》けばアシがつき易い。中国本土か香港のほうが安全です」

「…………」

鹿取は首をひねった。

浅井のもの言いが慎重になった。

鹿取の胸の内を察したか、浅井が苦笑した。

「あらゆることを想定しています。が、外事絡《がいじ》みの捜査には限界がある」

それも経験している。とくに犯罪に外国の公的機関の関与が疑われる場合は慎重にならざるを得ない。永田町や霞が関の意向が働くからだ。

かつて、アフリカの国の大使館内でカジノ賭博が行なわれていた。一年におよぶ内偵捜査で確証を得た捜査一課が一斉検挙に動こうとしたが、実行できなかった。総理官邸と外務省が待ったをかけたのだった。

鹿取は凄《すご》むように浅井を見つめた。

「俺に、何をやらせたい」

浅井がこまったような顔をし、おもむろに口をひらいた。

「自分の関心は盗品の行方です」

「はっきり言え。中国大使館、もしくは、安書記官の関与の有無か」

「そうです。被害者宅から見つかった盗品は三点……盗難に遭った宝飾店での売値は、五百五十万円、七百三十万円、一千二百万円と、高価なものばかりです。それ以外の盗品は見つかっていません」

「どうして被害者が所持していたのか……それが気になるのだな」

「被害者宅の、一階の金庫の中身も気になります」

「なるほど」

鹿取は頷いた。

殺害された木島幸子は盗品を二つの金庫に分けていた。

そうだとすれば、被害者と強盗団はつながっていることになる。被害者が強盗事案にかかわっていなくても、盗品の故買屋の疑いがでてくる。

「武陽漢の写真はあるか」

浅井がセカンドバッグをさぐった。

「新宿で強盗事件がおきるひと月前に撮ったものです。武は、新宿の事件のあと、姿を消した。新大久保のアパートを捜索したが、手がかりは摑めなかった」

言って、二枚の写真をテーブルに置き、四つ折りの紙を添えた。

「武の個人情報を抜粋しました」

鹿取は肩をすぼめた。

浅井のやることにぬかりはない。

意地悪な気持がめばえた。

「武を見つけても、殺人に関与していれば、おまえに渡さん」

「承知です」

「よし。話はおわりだ」

「これからどうされるのですか」

「東栄門を訪ねる。おまえは、松本の相談相手になってやれ」

きょとんとしたあと、浅井が松本に顔をむける。

「どうしました」

松本が坊主頭に手をのせた。

「それが……どうも、不利な状況に……」

しどろもどろに言った。

「結婚は秒読み段階に入った」

鹿取のひと言に、浅井が破顔した。

隙だらけの顔になる。直前まで厄介な話をしていたとは思えない。

「松本さん、おめでとうございます。鹿取さんのお伴は自分がやります。ご安心を」

「それだけは、だめです」

松本が声を張った。

鹿取は、二人を交互に見ながら煙草をふかした。

煙草の味は気分で変わる。精神のバロメーターだ。

韓国料理店『東栄門』のガラスの扉には〈CLOSED〉の札が掛かっていた。

鹿取は扉に顔を近づけた。

四人掛けのテーブルと、その倍は座れそうなテーブルが見えた。テーブルのまわりで黒っぽいワンピースを着た三人の女が手を動かしている。

扉をノックし、手招きした。

女のひとりが寄ってきて、扉を開ける。

「ランチタイムはおわりました。夜の営業は五時半からです」

鹿取は警察手帳を見せた。

「店長に会いたい」

「お待ちください」

一分と経たないうちに女が戻ってきて、一階の奥にある事務室に案内された。

安っぽいソファに男が座っていた。四十代前半か。髪はリーゼント、彫りの深い顔。ネクタイはなく、白シャツの胸前をはだけている。

男は立ちあがろうとしなかった。

「きのうも刑事さんが見えられましたが」面倒そうに言う。

「必要があれば何度でも足を運ぶ」

鹿取は男の前に腰をおろした。

男が座り直した。あぶない雰囲気を感じたか。

もう遅い。礼儀は捨てる。

「捜査一課の鹿取だ。あんたは」

男が名刺入れを手にした。

受け取った名刺には〈韓国料理店　東栄門　店長　李《リ》正孝《セイコウ》〉とある。

名刺を手に質問を始める。

「あんたは在日か」

「三世です」声音を変えた。「ここは伯父が経営しています」

「あんたの親は何をしている」

「近くで韓国産の食料品を……わたしは性に合わなくて、ここに」

「あとは継がないのか」

「妹がいます」

そのほうが賢明だ。胸でつぶやいた。

「佐川は常連だったのか」

「その話はきのうの刑事さんに……五、六年前から。月に一度くらいでしたが」

「連れはいたか」

「ええ。くわしく憶えているわけじゃないけど、男三、四人と来たり、女の人を連れて来たり……そうそう、うちのバイトの子とつき合う前はランチタイムにひとりで、週に二、三度……変だとは思ったのですが」

「あんたも、その子に気があったのか」

店長が手のひらをふる。

「かわいくても、店の子に手はつけません」

鹿取は視線をずらした。

店長の左手の薬指にはプラチナの指輪が嵌《は》めてある。

「連れの女だが、どんな感じの人だった」

「さあ」店長が首をひねる。「若い子も年輩の人もいたように思います。が、うちの子とつき合う前のことでして」

「写真を見ればわかるか」

「自信がないです。何人の女を連れて来たかも憶えていません」

鹿取は木島幸子の写真をテーブルに置いた。七年前のほうだ。

手に取って見たあと、店長が頭をふった。

「きのうの刑事らも写真を見せたか」

「はい。おなじ人だと思うけど、この写真じゃなかった」

武陽漢の写真をかざした。

「この男はどうだ。憶えているか」

「………」

店長のくちびるが動いたが、声にならなかった。

血の気が引いたようにも見える。

鹿取は顔を近づけた。

「この男の名前は」

店長がぶるぶると首をふる。

「この男も常連だったのか」

「たまに……四、五人で……あのとき、警察の方にそう話しました」

店長の舌がもつれた。

鹿取は畳みかける。

「去年の十一月に来たときは何人だった」

「女の方と二人で、いつもの二階の個室に」

「案内しろ」

言うなり、立ちあがった。

階段で二階にあがり、店長がドアのひとつを開けた。

長方形のテーブルを囲んで六つの椅子がある。昼間は個室を使用しないのか、陽が射す
テーブルはきれいだった。

「何人で来てもこの部屋だったのか」

「はい。いつもは予約があるのですが、あの日はいきなりこられて……たまたまこの部屋が空いていたので案内しました」

鹿取は、店長に座るよう勧め、自分も腰かけて煙草をくわえた。

テーブルの両端に灰皿がある。

煙草をふかしてから話しかける。

「連れの女を憶えているか」

「年輩の方でした。わたしは一階で挨拶をしただけなのでよく見ていないのです。あのとき事情を訊かれた刑事さんにもそう話しました」

「この部屋で、誰が接客した」

「確認します」

「あとでいい」

鹿取は、立ちあがろうとする店長を制し、木島幸子の写真を手にした。

「もう一度、見てくれ」

見つめ、店長が顔をあげる。

「何となく、似ているような気もします」

「初めて見る顔だったのか」

「ええ。断言できませんが」

「…………」

首が傾いた。

公安部にいたころの記憶が断片的にうかんできた。

公安部は刑事部と捜査手法が異なる。予断や推測だけでも動くし、刑事部ならとても認められない手段で取り調べを行なうこともある。警察内部では黙認されており、したがって、公安部は監察室の対象からはずれている。

「ここに駆けつけてきた連中は、女の写真を見せたか」

「はい。四人だったか……どれもこの写真の人と違うのは断言できます」

監視中に、武陽漢が接触した女たちを盗み撮りしたのだ。

「あのときは閉口しました」店長が眉尻をさげる。「まるで容疑者のように……この部屋に閉じ込められて根掘り葉掘り訊かれました」

「それが仕事よ」

さらりと返し、煙草をふかした。

「あんたが逃したのか」

「冗談じゃない」

店長が声を荒らげた。

鹿取は腰をあげ、窓辺に立った。

斜め前に『黄龍楼』がある。先ほどいた四階の応接室の窓が見えた。

「あなたは」

声がしてふりむいた。

「何の捜査をしているのですか」

「何でも屋だ。そんなことより、武は、なぜ逃げた」

「知りませんよ」

「そうかい」

にやりとし、鹿取は店長に近づいた。胸ぐらを摑む。

「名前は知らないんじゃなかったのか」

「…………」店長が目を見開く。「その、つい……」

「答えろ。武陽漢はどうして逃走した」

「わたしは……関係ない。ほんとうです」

すがりつくようなまなざしで言った。顔は青ざめている。

鹿取は手を放した。店長のとなりに座り、鼻面を合わせる。

「誰が関係している」

「………」

「武陽漢の名前をいつ知った」

「………」

店長がうなだれた。肩が小刻みにふるえだした。

鹿取は携帯電話を手にした。一回のコールでつながる。

《浅井です》

「訊き忘れたことがある」

《何でしょう》

「黄志忠は武陽漢が東栄門に入るのを見たのか」

《いいえ。東栄門の店長から連絡があったと……説明が足りずにすみません。黄は東栄門の社長と親交があって、自分からの指示を受け、協力を依頼した。東栄門の社長は武が来たら黄に連絡するよう、店長に指示したそうです》

「おまえが東栄門に急行したのか」

《いいえ。黄から連絡を受けて、担当の部署を動かしました。東栄門に駆けつけたのは公安一課と外事課の四名との報告を受けています》

「他人をあてにするな」

ひと言発し、通話を切った。

携帯電話をポケットに戻し、店長に声をかける。

「むかいの黄龍楼とつき合いはあるか」

「たまにランチを食べに行く程度です」

「武があらわれたとき、あんたはどうした」

「電話をかけました」

「誰に」

「黄龍楼の専務……うちの社長からそうするよう言われていたのです」

「理由を聞いたか」

「いいえ。何かの事件絡みだろうとは思いましたが」

「推測はいらん。口は災いの元だぜ」

「はい」

店長が縮こまった。

「あんたのケータイの番号は」

「えっ。まだ何か……わかりました」
店長が名刺を取りだし、数字を書いた。
外に出て、携帯電話を持った。
《浅井です》
「メモを取れるか」
《待ってください……どうぞ》
鹿取は十一桁の番号を言った。
「東栄門の店長、李正孝のケータイの番号だ。通話記録を取れ」
《理由を教えてください》
「店長は社長の指示で黄に通報した。そこまではおまえの話とおなじよ。が、店長の狼狽《ろうばい》ぶりが気になる」
《威したのですか》
「するか。おまえ、黄を信頼しているのか」
《まさか。命を縮めることになりかねません》
「だよな。おまえからの指示を無視するわけにもいかず、黄は東栄門の社長に協力を要請した。で、店長からの通報も無視できなかった。そう推察すれば、武陽漢が逃走した背景がうかんでくる」

《なるほど。そうですね。時間的に考えて、黄と店長が連絡を取り合う手段は電話かメール……さっそく手配します》

「あした、会おう」

携帯電話を畳んだ。

新宿七丁目方面へ歩き、途中で右折し、大久保一丁目の住宅街を通り抜ける。職安通りを渡って新宿区役所通りに入ったところで腕の時計を見た。待ち合わせの時刻にはすこし間がある。

周囲を見た。通りに人はまばらで、静かだ。歌舞伎町はまだ眠っている。緑色のネットが目に入った。

まだあるのか。胸でつぶやく。

区役所通りの風景は変わらない。テナントビルを建て替える余裕がないのか。バブルが崩壊して以降、歌舞伎町は活気を失《な》くした。さらには、元東京都知事が歌舞伎町の健全化を謳《うた》ったことを受けて、警察が風俗店の些《さ》細《さい》な違法行為もきびしく取り締まった。それ以降、歌舞伎町は独特の文化さえ失ってしまった。

鹿取はバッティングセンターに足をむけた。

左側のゲージに男がいた。たくましい身体をしている。

鹿取はベンチに腰をおろした。禁煙のステッカーが貼ってある。

ゲージには三人の客がいた。右のほうに視線をやる。

女の首筋に汗が光っている。オフホワイトのショートパンツにネイビーブルーのTシャツ。赤いキャップを逆に被り、庇《ひさし》の下のポニーテールがバットを振るたびゆれた。三十歳ほどか。肌は白く、二の腕も太股も細い。

球速の表示は八十キロ。小学生か初心者向きの球の速度とある。

鹿取には速く感じる。バットにかすりもしないだろう。スポーツの経験といえば警察の柔道か剣道で、それも若いころに仕方なくやらされた。走るのは苦手で、犯人を追いかけるくらいのものだが、それもすぐに諦め、拳銃を手にする。

金属音が響いた。

女が両手でバットを高々と掲げた。顔が輝いている。

独りで来たのか。女のいるゲージのまわりには人がいない。

頬が弛む。いいものを見せてもらった。そんな気分になった。

区役所通りを靖国通りへむかって歩き、路地角の喫茶店に入った。

鹿取が警察官になったときはすでに営業していた。やたらひろい店内に客はまばらで、人声も聞こえない。

窓際のテーブル席に女がいた。真紅のワンショルダードレス。亜麻色の髪はひきつめ、うしろに束ねている。

鹿取は女に近づいた。服装は電話で聞いた。

「森井《もりい》さんか」

「そうです」

低い声音だった。

佐川とおなじマンションに住む女である。森井美希《みき》、四十三歳。歌舞伎町のクラブに勤めている。老舗で、鹿取も公安部にいたころ遊んだことがある。

名乗り、正面に座った。

ウェートレスが水を運んできた。

森井の前にはティーカップがある。

「おなじものを」

「アールグレイですね」

念を押すように言い、ウェートレスが立ち去った。

「出勤前に申し訳ない」

「いいんです。いつもお店に入る前にお茶を飲んでいるから」

女の目元に細い皺《しわ》ができた。

「この男のことで訊ねたい」

鹿取は、佐川健一の写真をテーブルに置いた。

佐川とつき合っていたという女のスマートフォンの画像をプリントしたものだ。保存されていたのは三枚で、どれも笑顔のツーショットだった。女によれば、佐川は写真を撮られるのが好きではなかったらしい。そのせいか、佐川の自宅の家宅捜索では一枚の写真も見つからなかったという。

「エレベーターで一緒になったとき、この男はジーンズにクリーム色のパーカーを着て、リュックを背負っていたそうだね」

「ええ。カーキ色の、ちいさめのリュックでした」

「色まで憶えていたのか」

「わたしは五階に住んでいて、彼があとから乗ったので、うしろにいたのです」

「リュックはふくらんでいたかな」

「そうでもなかったと思います」

鹿取は目で頷いた。

小型のリュックに着替えを詰めればふくらむと思っての質問だった。

「そのときの、男の様子は」

「彼がこんにちはと言って……あとは、スマホを見ていました。でも、二、三秒のことです。わたしがエレベーターを出たときはもう、彼はそとにいました」

森井が話しているうちにティーカップが届いた。

ひと口飲んで質問を続ける。

「ときどき鉢合わせたそうだね」

「たまに、です。わたしがあのマンションに引っ越して二年あまり……エントランスやエレベーターで顔を合わせたのは十回もないと思います」

「むこうが誰かと一緒だったことは」

森井が首をふる。

「いつも挨拶だけ」

「えっ」

「もったいない」

「………」

きょとんとしたあと、森井が目を細めた。

「刑事さんならどんな話をするのですか」

「仕事帰りに鉢合わせたそうだね。俺なら話のとりつきにする」

「そうか……でも、夜遊びするような人には見えなかった」

「何をしているように見えた」

「そうね……いま流行りのインスタグラマーとか、そんな感じかな」

くだけた口調になった。

佐川に対して悪い印象は抱いていない。

そんなふうに感じる。

やはり、中野署の取調室での印象とはおおきく異なる。身なりや態度から受ける印象は人によって様々だが、これほど異なるのもめずらしい。笑顔の写真を見たときも別人ではないかと思った。

佐川は場所や相手によって表情や態度が変わるのか、変えていたのか。


雨に濡《ぬ》れ、森井が駆けて行く。

鹿取は、喫茶店の窓越しに目で追った。

空はあかるい。狐の嫁入りか。

そんなに急いで、どうする。胸で話しかけた。

――これから美容院に行って、お客さんと同伴なの――

去り際に、森井が言った。

つくり笑いが似合わない女だった。

視線をおとし、ティーカップを持った。冷めて、香りも消えていた。
ポケットの携帯電話がふるえた。吉田からのショートメールだ。
――会議にはでません。これから歌舞伎町で聞き込みます――
返信を送る。
――風邪ひくな――
ときどき、いらぬ節介を焼いてしまう。

★　★

風が流れ、そとはひんやりとしていた。
にわか雨はあがり、あかるさが残る空に白い月がうかんでいる。
ため息がこぼれそうになる。
訪ねた先々で邪険にあしらわれた。
――俺が小学生のころだよ。わかるわけがないじゃん――
若いバーテンダーに笑われた。
――何とか商事……それだけなの。刑事さんも大変ね――
歌舞伎町で三十年近く水商売をしているという女にからかわれた。

被害者の木島幸子の写真を見た者からは「どこの店の子」、「この街には何千人ものホステスがいるのよ」と、嘲るように言われた。

予想していたことだが、感情をなだめるのに苦労した。

吉田はショルダーバッグから小瓶を取りだした。父が職務中に持ち歩いていたものだ。氷砂糖を一粒つまんで口に入れる。

がんばれ。

口にするたび、父の声が聞こえたような気になる。

スマートフォンを手にし、着信の有無を確認する。誰からも連絡はなかった。

——風邪ひくな——

鹿取からのショートメールを思いだし、頬が弛んだ。

ふいにやさしい言葉をかけられることがある。吉田はとまどい、真意をさぐろうとするのだが、今回は励まされたような気持になった。

新宿区役所通りにあるバッティングセンターの近くの雑居ビルを出たところだ。区役所方面へむかって歩きかけ、足が止まった。

テナントビルのエントランスの上部に十数枚のおおきな顔写真が貼ってある。『薔薇《ばら》の城』。売れ残りの花のバーゲンセールか。苦笑がこぼれた。

だめで元々だが、気後れもある。職務でもホストクラブに入ったことがない。

吉田は氷砂糖を嚙み砕いた。

百平米ほどのフロアに二十以上の客席がゆったりと配されていた。営業前なのか、店内はあかるい。三つの客席にそれぞれ五、六人の男がいた。髪型や身なりは異なっても、皆がおなじように見える。

「いらっしゃいませ」

カウンターのそばにいる男に声をかけられた。

四十代半ばか。ダークグレーのスーツにブラウンのネクタイ。客席にいる男らとは雰囲気が異なる。男が近づいてきた。

「七時からの営業ですが、よろしければどうぞ」

やわらかなもの言いだった。

吉田は、あわてて警察手帳をかざした。

「警視庁の者です。お話を伺いたいのですが」

「保安の方ですか」

風俗営業店は生活安全部署の保安が担当する。

「捜査一課の吉田です」

「…………」

男が目をぱちくりさせた。

「あなたは」

「マネージャーの遠野《とおの》です。どんな事件ですか」

「殺人事件です」

答え、吉田は被害者の写真を手にした。不動産屋が七年前に撮ったものだ。

「この人に見覚えはありますか」

遠野が写真を手にする。ややあって首をふった。

「わかりません。顧客の名簿はありますか」

「この方が当店に出入りしていたのですか」

「はい。名前を教えてください」

ためらいはない。事件は実名で報道されている。

「木島幸子さんです」

「お待ちを」

遠野が離れ、カウンターの中に入った。

吉田は前に立った。

遠野がノートパソコンを操作する。

「あります」

吉田は目をまるくした。

脈拍数があがった。嫌なことが続いたあとに良いことがやってきた。

「消去寸前でした。この業界はお客様の出入りが激しくて、一定期間が過ぎればリストから消します。当店は保存期間が長いほうです」

説明はいらない。吉田は苛々を我慢した。思わぬ朗報である。

遠野が続ける。

「六年ほど前ですね。二か月の間に三度、ひとりでお見えになっています」

「席に着いた従業員はわかりますか」

遠野が視線をずらし、声を発した。

客席から名前を呼ばれた男がやってきた。

茶髪で、顔が黒い。藤色のダブルのスーツに黄土色のネクタイ。右耳に光るピアスはダイヤモンドか。ゴールドのブレスレットは重そうだ。

「何ですか」

雑なもの言いだった。

遠野がノートパソコンの向きを変えた。

「この人……木島幸子さんを憶えているか。六年ほど前に来た一見《いちげん》様で、最初に着いたのが君になっている」

「そんな昔……ほかに誰が着いたのですか」

「ヘルプでケンが……二度目からはケンが係になった」

「ああ、思いだしました。あの……」

茶髪の男が語尾を沈めた。

吉田の脈拍はさらに加速する。遠野に話しかけた。

「この方から話を聞きたいのですが」

「わかりました。ただし、まもなく営業なので、手短にお願いします」遠野が茶髪の男を見た。「山城《やましろ》くん、むかいの喫茶店に案内しなさい」

「自分のお客様が見えられたら連絡ください」

取って付けたように言い、山城という男がドアにむかった。


区役所通りを渡り、バッティングセンターの裏手にある喫茶店に入った。

こぢんまりとした店には二組、三人の先客がいた。

「こんばんは」

やくざっぽい二人連れに声をかけ、山城が奥の席に座った。

注文を受けたウェートレスが去るや、吉田は被害者の写真を見せた。

「この人で間違いないですか」

山城が首をひねる。

「どうかな。こんな顔だったような気もするけど……この人が、どうかしたの」

「殺害されました」

「ええっ」

頓狂な声を発し、山城がのけぞる。

吉田は顔を近づけた。

「さっき、何を言いかけたのですか」

「それは、その……殺されたんじゃ、ますます言いづらくなるよ」

「言ってください」

山城が顔をしかめた。

「けちだと……ボトルは取ってくれないし、ありったけのサービスをしたのにチップもくれない。で、二度目からはケンにまかせたのさ」

友だちと話すような口調になった。

何でもかまわない。聞きたいことが山のようにある。

「一見だと言いましたね。どんな感じでしたか」

「普通のおばさん。でも、初めてのホストクラブって感じではなかった」

「どうしてそう思うのですか」

「感じるんだよ。何十人、何百人と相手にすれば。はじめは様子を見るような雰囲気だったけど、途中からお喋りがはずんで……男のあしらいに慣れているというか、ベテランのホステスと話しているようだった」

「写真を見ても自信がないのに、よく憶えていますね」

「顔と名前、雰囲気や癖、会話……自分の客ならすべて憶えているし、初めて席に着いた客でも印象は頭にインプットする。それが仕事さ」

自慢げに言い、山城がコーヒーを飲む。

吉田は間を空けなかった。

「ケンという人の本名は」

「知らない。店以外ではつき合わなかったから」

「仕事仲間なのに」

「仲間……冗談だろう。皆、ライバルさ。油断すれば客を取られる」

「………」

返す言葉が見あたらない。

「それに、ケンはすぐに辞めたし……そういや、ケンが店を辞めてから、この写真の人も店にこなくなった」

「ほんとうですか」

「そう言われるとこまるけど、俺は見てない」

「さっきのマネージャーに訊けば、ケンさんの本名がわかりますか」

「どうかな。偽名で入店するやつもいるからね」

吉田はバッグに手を入れた。佐川の写真をテーブルに置く。

「この男の人に見覚えは」

「おお。こいつだよ。ケンに間違いない」

吉田は椅子にもたれた。ひと息つき、姿勢を戻す。

「お店で、ケンさんと親しかった方はいますか」

山城が首をひねる。

「ひとり、いたな」つぶやいた。

吉田は前かがみになった。

「名前は」

「ユズル……本名は知らない。うちの店は皆が愛称で呼ぶからね。俺は山城で、ジョー。それで充分。店の中だけのつき合いだし」

「あ、そう」

つい雑なもの言いになった。はっとして、言葉をたした。

「ユズルさんはいまも働いているのですか」

「とっくに辞めたよ。そういや、よそで働いているって聞いたな」

「どこの店ですか」

山城が眉をひそめた。

矢継ぎ早の質問に閉口したようだ。思い直したようにスマートフォンを手にした。メールか、ラインか。誰かとやりとりを始める。ほどなく、顔をあげた。

「花道《はなみち》通りの、白百合《しらゆり》……二年前にできた、ちいさな店さ。ユズルはおなじ名で、オープンのときからいるらしい」

「ありがとうございます。あなたの連絡先を教えていただけますか」

山城がにやりとした。

勘違いしたのか。どうでもいい。

花道通りは区役所通りと西武新宿駅を結ぶ、歌舞伎町のメインストリートである。歌舞伎町の真ん中に新宿コマ劇場があったことからこの名称がついたという。

雑居ビルの袖看板を見て、階段をあがった。

二階にあるホストクラブ『白百合』の扉は開いていた。

中に入り、レジカウンターの女に声をかける。

「警視庁の吉田です。ユズルという方を呼んでいただけませんか」

女がかたわらにいる男を見た。

黒っぽいスーツに濃紺のネクタイ。短髪には白いものがめだつ。歳は五十代か。先ほどの店のホストらとは雰囲気が異なる。

男が口をひらいた。

「警察の方が、ユズルに何の用ですか」

絡みつくようなもの言いだった。

吉田は警察手帳を開いた。

「捜査一課です。殺人事案の捜査で、事情を聞きたくて来ました」

男の額に二本の溝ができた。

「あなたは」

「河本《かわもと》です」

受け取った名刺には、〈峯岸《みねぎし》観光　専務　河本達也《たつや》〉とある。裏には四つの店名が記されている。どれも住所は歌舞伎町だった。

「ここでは営業にさしさわる。どうぞ、こちらへ」

河本が背をむけ、カウンター脇のドアを開けた。

事務所には三つのデスクとコーナーソファがあった。きれいに整頓されている。

勧められ、吉田はソファに浅く腰かけた。

河本も座る。

「ユズルが事件にかかわっているのですか」

「何とも答えられません。出勤しているのなら、呼んでください」

口調がきつくなった。

河本の雰囲気がそうさせた。目つきも鋭い。堅気ではなさそうだ。

やくざには過敏《かびん》になる。吉田が高校生のとき、父が暴力団の組員に射殺された。その日以降、吉田はやくざに憎悪の炎を燃やした。この世から暴力団をなくすため警視庁に入ると決意したのだった。が、気持は空回りし、やくざと対面するたび身体が硬直した。それを直してくれたのが鹿取である。

河本が目でも凄む。

「自分には雇っている責任がある。同席させてもらう」

「………」

吉田はためらった。無用の問答をするひまはない。

「結構です。訊問《じんもん》中は口をはさまないように」

頷き、河本が立ちあがる。ドアを開けて女に声をかけたあと、奥にあるローズウッドのデスクに移った。煙草を喫いつけ、デスクに両足をのせる。

ほどなく細身の男があらわれた。ブルーのスーツの襟に白いラインがある。ピアスとブレスレットはホストの定番のようだ。

　ホストクラブに通う女らはきんきらに着飾った男が好みなのか。

「ユズルです」

「警視庁の吉田といいます。座ってください」

　ユズルが腰をおろすのを待って、言葉をたした。

「さっそくですが、以前、あなたは薔薇の城に勤めていましたか」

「はい」

「何年前ですか」

「六年前から二年ほどいました」

「そのときの同僚で、ケンという男性を憶えていますか」

「ああ」ユズルの表情が弛んだ。「ケンが、どうかしたのですか」

「答えられません」

　吉田は佐川の写真を手にかざした。

「この人ですか」

「そうです」あっさり答えた。

「ケンさんの本名を教えてください」

「知りません。この業界は皆、愛称で呼ぶから」

先ほどのホストとおなじ返答だった。

「あなたはケンさんと親しかったそうですね」

「それほど……あいつは二か月くらいしかいなかったし」

吉田は木島幸子の写真も見せた。

「この女性に見覚えは」

ユズルが写真を手にした。ややあって、顔をあげる。

「ケンの客ですか」

「あなたも同席したと聞きました」

「そう言われても……記憶にあるような、ないような……」

「ユズル」河本が声を発した。「丁寧に答えろ」

ユズルの顔が強張《こわば》った。舌先でくちびるを舐《な》めて口をひらく。

「この女性の名前を教えてください」

「木島幸子さん。先日、殺害されました」

「………」

ユズルがあんぐりとした。また写真を見る。

「ごめんなさい。憶えてないです」

蚊の鳴くような声で言った。

吉田は二人の写真をショルダーバッグに戻した。

「ケンさんとは、どの程度のつき合いでしたか」

「何度か飯を食い、飲みにも行きました」

「二人で」

「はい。ケンは群れるのが嫌いなようで、あの店では俺としか遊ばなかった」

「どんな話をしましたか」

「客のことやゲームの話……そんなもんです」

「木島さんの話はしなかったのですか」

「それを思いだそうとしたのですが……」

言葉を切り、ユズルが肩をすぼめた。

吉田は質問を続ける。

「ケンさんに彼女はいましたか」

「その当時はいなかったと思います」

「最後に会ったのは」

「ここに入店した直後です。俺が連絡しました。店を移って不安だったから……ケンに客を紹介してもらおうと思って」

「ここのオープンはいつですか」

「おととしの秋です。ケンの行きつけの韓国料理店に行きました」

新大久保にあった店だが、店名は忘れたという。

「そのとき、ケンさんは何の仕事をしていたのですか」

「薔薇の城を辞めたあと、カネ貸しを始めたと聞きました」

「自分で……それとも、どこかの金融会社に勤めたのですか」

「フリマじゃないかな。あのころフリマでのカネの売買が流行りだしていた。それに、俺と飯を食っているあいだ、何度もスマホを見ていた」

吉田は頷いた。

インターネット上のフリーマーケットアプリやオークションサイトで現行紙幣の売買が行なわれているのは知っている。

「ケンさんのスマホの番号を知っていますか」

「えっ」

「質問を変えます。あなたが知っている番号を教えてください」

ユズルが上着のポケットからスマートフォンを取りだした。

「この番号です」

アドレス帳に〈ケン〉と090から始まる番号がある。

「ガラケーのほうですね」

「そうなの……俺はこれしか知らない」

うそをついているようには感じられなかった。

ユズルの連絡先を聞いて、訊問をおえた。


どうかしている。なんて男なの。

吉田はぶつぶつ言いながら夜道を歩いた。路地を曲がれば自宅に着く。

玄関の灯はともっていた。

「お帰り」

靴を脱ぐ前に声がした。母はキッチンにいるようだ。

腕の時計を見る。午後九時を過ぎたところだ。

ショルダーバッグをキッチンの床に置き、椅子に座る。ダイニングテーブルに両肘を立て、手のひらに顔をのせた。

「どうしたの」母が言う。「機嫌が悪そうね」

「嫌になった」

「あら。天職じゃなかったの」

「仕事じゃない。相棒のこと」

母がシンクから離れ、吉田の前に座った。

「とびっきりの情報を入手したのに……話はあした聞くと」

ホストクラブ『白百合』を出るや、鹿取の携帯電話を鳴らした。

「やる気があるのか、ないのか……ごめん」

気づき、詫びた。

母は仕事で疲れている。そう思うから、家では愚痴をこぼさなかった。

「謝ることはないよ。軽く、食べる」語尾がはねた。

「うん。その前に、ビールを飲みたい」

「はいはい」

母が立ち、冷蔵庫を開けた。テーブルに缶ビールとグラスを置く。

「よかったね」

「えっ」

「頼りになる相棒……そうでなきゃ、グチらないもの」

「そうかな」

曖昧に返し、缶ビールのプルタブをおこした。

「相棒もいい情報を摑んでいたのかもしれないよ」

「そうだね」

相槌を打った。

母の言葉を真に受けたのではない。さりげない気遣いがうれしかった。

そばにいてくれるだけで、母には感謝している。いつまでも元気でいてほしい。それをひたすら願っている。


翌朝、会議がおわるとすぐに中野署をあとにした。

――あした、朝の会議がおわり次第、連絡をよこせ――

母がつくってくれた鍋焼きうどんを食べて二階の自室に入り、ジャズをBGMに調べものをしているさなかに鹿取からショートメールが届いた。

丸ノ内線新中野駅から電車に乗り、赤坂見附駅で降りた。

駅前の喫茶店はがらんとしていた。

鹿取は奥の席で腕組みしていた。目をつむっているように見える。

正面に座り、声をかける。

「寝不足ですか。飲み過ぎですか」

「うるさい。男に嫌われるぞ」

無視し、ウェートレスにコーヒーを頼んだ。メモ帳を開き、頭の中を整理する。報告することが幾つもある。

「佐川健一は歌舞伎町のホストクラブに勤めていました。六年前の約二か月のことです。おなじ時期、被害者がその店で遊び、佐川が接客したそうです」

「………」

鹿取は腕を組んだまま、口を結んでいる。

反応がないのは意外で、吉田はむきになった。

「被害者と佐川がつながったのですよ」

「聞けばわかる」

「そうですか」つっけんどんに返した。「当時の佐川の同僚から話を聞けました。ホストクラブを辞めたあと、佐川はカネ貸しを始めたと言ったそうです」

吉田は、ホストクラブ『白百合』のユズルの証言をくわしく話した。

その途中でコーヒーが届いた。

鹿取が腕組みを解き、口をひらく。

「佐川が働いていた店の名は」

「区役所通りの薔薇の城です。看板を見て入りました」

ホストクラブ『薔薇の城』のマネージャーとのやりとりを話した。コーヒーを飲んでから、喫茶店での山城の証言も報告した。

いつの間にか、鹿取の眼光が増していた。

「薔薇の城の顧客データに木島幸子の名前があり、佐川が接客した」

「そうです」

「が、マネージャーも山城も、白百合のユズルも木島の顔を憶えていなかった」

「…………」

吉田は顎を引いた。

言いたいことはわかる。

――刑事の仕事は事実を積み重ねることだ――

鹿取の言葉は胸に刻んでいる。

迂闊《うかつ》だった。写真を見せて確認できた佐川に関する情報は事実でも、木島のそれは事実とはいえない。思いがけない情報に舞いあがってしまったか。

「ところで、白百合のユズルが言ったフリマとかいうのは何のことだ」

鹿取が真顔で訊いた。

吉田は吹きだしそうになった。笑えば失礼になる。鹿取はインターネットが苦手なようで、スマートフォンを持っていない。

「フリーマーケットの略です。インターネット上で中古品の売買をすることです」

「誰でもできるのか」

「フリマアプリに登録すれば……売りたい人は商品を写真で展示し、それを見て、気に入

警察官のくせにそんなことも知らなかったのですか。言うのはかわいそうだ。

フリマアプリでの紙幣の売買は貸金業法および出資法に抵触する恐れがある。警察は摘発を視野に捜査を行なっている。監督官庁の指導、勧告を受け、大手のフリマ事業者は紙幣の出品を画面から削除するなどの対策を講じているという。

「そうです」

「そのフリマでカネを売るわけか」

った者が購入するのです」

「自分が気になったのは、佐川がカネ貸しを始めた時期です」

鹿取が頷き、目で先を催促した。

「きのう、家に帰って、フリマアプリを検索しました。数が多すぎて調べたのは一部のアプリですが、売りにだしていた現金は三万円から五万円がほとんどでした。三万円の現金を三万五千円、五万円を五万七千円……つまり、差額が金利で、サラ金などと比べて小口の取引です。が、それでも出品する元手は必要です」

「まわりくどい。何がわかった」

「白百合を出たあと薔薇の城に戻り、マネージャーから話を聞きました。データは残っていないが、佐川の給料は月額三十万円ほどで、勤め始めの二週間は日払いだったように思うと……それで、カネ貸しができるでしょうか」

「何が言いたい」

「…………」

口をもぐもぐさせた。

「木島が絡んでいるとでも言いたいのか」

「ええ」

「当然だな」

鹿取がさらりと言った。

予想外のひと言に、吉田は身を乗りだした。

言葉を発する前に、鹿取が手のひらで制した。

「おまえが摑んだ情報は捜査の本線からはずれている。犯人は二人組。しかも、都内でおきた三件の宝飾店強盗事件とのかかわりが浮上してきた」

「承知です。が、被害者と佐川の過去を洗いだせば、強盗事件の犯人との接点が見つかるかもしれない。そもそも、被害者の過去に着目したのは鹿取さんです」

「わかっていれば、それでいい」

こともなげに言い、煙草をくわえた。

吉田は椅子にもたれ、息をついた。

自分が試されているようで癪《しゃく》に障る。鹿取の突き放すようなもの言いも、胸を突き刺すようなひと言にも慣れそうにない。

紫煙を吐き、鹿取が視線を合わせる。

「きのう、佐川とおなじマンションに住む女から話を聞いた」

「佐川とエレベーターに乗り合わせた女性ですか」

「そうよ。佐川はリュックを背負い、スマホを見ていたそうだ。女から事情を聞いた刑事は会議でその報告をしたか」

「いいえ。それが重要なのですか」

「俺が出会《でくわ》したとき、佐川はリュックを持っていなかった。女がエレベーターで見た佐川の身なりも異なる」

「ほんとうですか」

甲高い声になった。

「それ以降、マンションの防犯カメラに佐川は映っていない……つまり、佐川はどこかに立ち寄り、服を着替えたということですね」

「そこにリュックを置いて、木島に接触した。マンションを出て、窃盗事件をおこすまで三時間……行動の範囲はかぎられる」

吉田は空唾をのんだ。

「鹿取さんは、どう考えているのですか」

「いまのところ、佐川に彼女がいるという情報はない。佐川が誰かの家に立ち寄ったという証言もないそうだ。山賀によれば、中野署の米村らは、新宿区や中野区のホテルや漫画喫茶、インターネットカフェへの聞き込みに加え、新大久保から中野区本町にかけてのコインロッカーも調べ始めたらしい」

吉田は眉をひそめた。

何度聞かされても不愉快になる。強行犯三係も中野署捜査一係も連携する気はさらさらないのだ。それでは捜査本部を設置する意味がない。

「おまえ、ほかに思いつかないか」

「えっ」とっさにひらめいた。「佐川は、新大久保のマンション以外にも部屋を借りていた……そういうことですか」

「ああ。だとすれば、時間的に考えて、新大久保から本町の間か、その周辺。おまえは不動産屋をあたり、新大久保と本町で聞き込みをしろ」

吉田はボールペンを握りしめ、鹿取を見つめた。

「窃盗事件をおこしたときの、佐川の服装を教えてください」

「黄色のパーカーに迷彩模様のカーゴパンツ。写真では前髪に隠れているが、額の生え際に二センチほどの裂傷痕がある」

吉田は手帳に書き留めた。

「佐川に関する疑問は、ほかにもある」

「………」

吉田は目をぱちくりさせた。

きょうの鹿取はよく喋る。それも、捜査に関する有意義な話ばかりだ。その理由を訊くのは失礼というものだろう。

鹿取が言葉をたした。

「なぜ佐川は、窃盗事件をおこした日から身を隠したのか」

「その疑問は会議でもでました。何人かが意見を述べて……皆が殺人事件に絡めての推論でした。鹿取さんもそうですか」

「何とも言えん。そもそも、佐川はどうして窃盗事件をおこしたのか。佐川は、通行人が悲鳴をあげたので、慌てて木島のバッグをひったくり、逃げたと……おまえの報告を聞いて、案外まともな供述に思えてきた」

「窃盗が目的ではなく、被害者に接近した……そういうことですか」

「カネ貸しの件は別にして、佐川がカネにこまっていないのは事実だ」

吉田は頷いた。

佐川健一名義の銀行口座の入出金明細書は捜査本部で見た。残額は七十八万余円。行方をくらまして以降、口座に動きはない。

「ところで、フリマに出品する者の身元は特定できるのか」

吉田は首をふった。

「フリマアプリの登録は簡単で、商品を購入するさいの決済方法はフリマ事業者やアプリ運営会社によって異なるみたいです。くわしく調べてみましょうか」

「俺がやる。おまえは、引き続き、木島と佐川の過去も洗え」

「はい」

答えたものの、気分が重くなった。

昨夜のような好運があちらこちらに転がっているとは思えない。

★　★

「あら、鹿取さん」

声をはずませ、美代子が立ちあがる。

小柄の色白で、顔も身体もまるみがある。大柄、色黒の松本の妹とはとても思えない。

四十四歳と聞いたが、三十代半ばに見える。

昼間は被害者の自宅周辺、夜は歌舞伎町で聞き込みをやるという吉田と別れ、赤坂通りへむかった。カラオケボックスでひと休みするつもりだった。気が変わり、松本兄妹が経営する『M&M』のオフィスまで足を延ばした。

二十五平米のフロアに事務デスクが四つ、左端に応接セットがある。

三人の女がいた。社長の美代子と経理担当の女事務員。もうひとりは初顔だ。

松本が見合いをした相手と察した。

その女と目を合わせる前に、美代子の声がした。

「兄はまだ来ていません」

「直に来る。あんたに会いたくて、ここで待ち合わせた」

「まあ」

美代子の顔に、さっと朱がひろがった。思いついたように横をむく。

「紹介します」

言いおわる前に、初顔の女が腰をあげた。

身長は百六十五センチほどか。身体はすらりとしている。目鼻立ちの整った細面。白いブラウスに紺色のスカート。見栄えのいい女だ。

「小泉真規子《こいずみまきこ》さん。兄を気に入ってくれた奇特な人です」

美代子がうれしそうに言った。

思わず頷いた。

間違いなく、奇特な人である。松本は元暴力団幹部で、傷害および銃刀法違反の罪で二度の実刑判決を受けた。鹿取の職務を手伝った故に犯した罪だが、松本は抗弁せず刑に服した。そんなことは他人が知る由もない。気性は愚直、実直でも、人は経歴や見てくれを気にする。松本は赤児にもわかる極道面だ。

鹿取は、小泉に話しかけた。

「結婚するのか」

「その予定です」

小泉が真顔で答えた。

松本の話がうそに思えてきた。

美代子が口をはさむ。

「鹿取さんのことはいつも話題にしています」

「やめたほうがいい。ランチもおやつも不味くなる」

ドアが開き、松本があらわれた。

「鹿取さん、もう来ていたのですか」

「妹の顔を見たくてな」

「妹に冗談は通じませんよ」

「兄さん」美代子が声を張る。「なんてことを……」

「でかける」

松本がさえぎるように言った。

オフィスを去り、赤坂通りに出た。

松本が口をひらく。

「きょうは、どちらへ」

「昼飯を食って、別荘で待機する」

別荘とはカラオケボックスのことで、松本にしか通じない。

「浅井さんと待ち合わせですか」

「手が空き次第、来るそうだ」

「お忙しいようですね」

「世の中、昼間から暇を持て余しているのは俺とおまえくらいのもんよ」

「閑中忙あり……鹿取さんは、そのほうが似合っています」

「あ、そう」

視線をふった。

TBSの広場には数十人の女が群れていた。大半は十代か。皆が笑顔で、周囲に甲高い声がひろがっていた。平日の昼間というのを忘れてしまいそうな光景である。

たしかに一般市民は忙しそうだ。

国際ビルの近くにある蕎麦屋《そば》に入った。開店直後のせいか、先客はいなかった。入口近くのテーブル席に座り、ビールとザル蕎麦六枚、玉子焼きを注文した。ザル蕎麦の値段は他店と変わらないが、一枚の蕎麦の量は他店の半分もない。

松本のグラスにビールを注いでやる。

「おまえの舎弟にカネ貸しがいたな」

「はい。六本木の鳥原《とりはら》……いまも二枚看板です」

「三好の直系は全員が堅気になったんじゃなかったのか」

「あいつは例外でして。本家の関東誠和会とも縁を切り、鳥原興業として一本でやっています。といっても裏稼業は看板だけ、しのぎをかけている様子はありません。あいつは、三好組の系譜《けいふ》を絶やしたくないのです。いつの日か、三好の親分が現役復帰すると信じているのでしょう」

「おまえもか」

「M&Mを設立したとき、夢は捨てました」

もの言いにも顔にも未練がにじんだ。

鹿取はグラスをあおった。

よけいな話をした。三好の話をすれば心が湿っぽくなる。

二人して、蕎麦をすすった。

のんびり構えているひまはない。正午が近づけば店に客が押し寄せてくる。

「おまえ、フリマを知っているか」

「もちろんです。妹や事務員が利用しています」

「フリマでカネを売っていることは」

「はあ」眉尻がさがる。「中古のカネを売るのですか」

笑いたくても笑えない。吉田におなじ台詞を言いそうになった。

「鳥原に教えてもらえ。フリマアプリでのカネの売買について」

「わかりました」

松本の顔が元に戻った。

鹿取に頼まれるのが何よりうれしいのだ。

それが心配で『M&M』を覗いたのだった。


チャイムが鳴って、目を開けた。

食べたあとは眠くなる。ソファにいれば横になる。

公安総務課の浅井がカウンターのほうに目をやる。

「きょうもひとりですか」

「マツは取材だ」

「鹿取さんが生き甲斐《がい》なのですね」

「くだらん」

ソファに戻った。

浅井が上着を脱いで座る。ネクタイをはずし、シャツの袖をたくしあげた。

鹿取は、ウィスキーの水割りをつくってやった。

咽を鳴らし、浅井が視線をむけた。

「鹿取さんの読みどおりでした」

言って、セカンドバッグから紙を取りだした。

韓国料理店『東栄門』の店長の携帯電話の発着信履歴だ。二〇一七年十一月分の中ほどに黄色の蛍光ペンでラインが引いてある。

11/11 19:27が発信、11/11 19:32は着信。どちらもおなじ相手である。同日の午後十一時二十五分にも、店長はおなじ番号にかけている。

「黄志忠の携帯電話の通話記録も確認しました」

公安部の連中は情報屋に自分が用意した携帯電話を使わせる。

「自分に連絡してきたのは午後七時三十分です。通話時間は七十三秒。東栄門の店長が黄に電話をかけてから三分……その間、黄は電話を使っていません」

黄は『東栄門』にいた武陽漢に連絡しなかった。そう言いたいのだ。

「三分間の熟慮《じゅくりょ》か」

鹿取はソファにもたれた。

浅井に報告したあとの段取りを考えるには充分な時間か。

答えはすぐにでた。黄は、浅井とのやりとりのあと、一分と経たないうちに店長の携帯電話を鳴らしている。そのときの通話時間は百三十五秒。武陽漢を逃がすための電話であれば、ぎりぎりの通話時間だ。

推測がひろがりかけたとき、浅井の声がした。

「黄を問い質します」

「やめておけ。電話では会話の中身がわからん。黄が白《しら》を切ればどうにもならん。逆に、こっちの動きを悟られる」

「しかし」浅井が紙に指を立てる。「これのウラを取らなければ……」

「俺がやる」

「公安事案ですよ」

鹿取は声を強めてさえぎった。

「いまさら言うな。俺は何でも屋だ。東栄門の店長にもそう言った」

「………」

浅井が眉を曇らせる。鹿取が考えていることがわかったのだ。

「店長の口を割る。が、推測が事実になっても、黄には手をだすな」

「泳がせるのですね」

「ああ。おまえには悪いが、俺にも優先順位がある」

「承知です。鹿取さんの邪魔はしない」水割りを飲み、視線を戻した。「ただし、自分の行動には制約をつけないでください」

浅井の頭の中は読める。

これまでもリスクを共有してきた。側面支援。それも、不良中国人を意識してのことだろう。頭の片隅には中国大使館の安書記官の存在もあるか。

「好きにしろ」

投げやり口調で言った。煙草をくわえ、火をつける。

浅井の表情が戻った。

「捜査に進展はありましたか」

「武陽漢と殺された木島幸子がつながった」

「すごい」

浅井の目がおおきくなった。

二階の個室で武陽漢の接客をしたのは、店の扉を開けてくれた従業員だった。

木島の写真を見せると、迷わず頷いた。

──連れの女性はきれいなブルーのマニキュアをしていて、そのことですこし話をしたので顔を憶えていました──

従業員はすらすら答えた。

きのうの電話で、浅井にそのことを話さなかった。

「公安部の資料に木島幸子の名前はありません。武を監視中に撮った写真に木島は写っていない。佐川の写真もなかった」

「木島は確定……佐川も武と接触した可能性がある」

おなじ時期、佐川も武陽漢も『東栄門』に通っていたのだ。証言した従業員に佐川の写真を見せたが、記憶にない、との返答だった。その従業員は、佐川とつき合ったアルバイトの女が辞めたあと入店したという。

チャイムの音のあとドアが開き、松本が入ってきた。

笑顔で近づき、浅井のとなりに腰をおろした。

「勉強になりました」

「するな」ぞんざいに返した。「よけいな知識は心を惑わす元だ」

「はあ」

松本がきょとんとした。

「いいから、報告しろ」

「フリマアプリは、振り込め詐欺とならぶ、暴力団の資金源だそうです」

「鳥原もやっているのか」

話している間に、浅井が水割りをつくり、松本の前にグラスを置いた。

浅井に礼を言い、松本が視線を戻した。

「あいつは、親分の子です」怒ったように言う。「フリマアプリへの出品は十万円以下がほとんどです。十万円を超えるものもありますが、最近は高校生や若い女性をターゲットにして一万円から三万円の出品も増えているとか」

「ガキも利用するのか」

「はい。フリマアプリの大半はスマホ専用です。アプリへの登録は年々急増していて、その半数は十代から三十代の女性だそうです」

登録は、ニックネーム、住所、メールアドレス、パスワードなどで、登録手続きは簡単に完了し、身元の確認などは行なわれないと言い添えた。

「薄利多売ですね」浅井が口をはさむ。「スマホを持っている人の二割が登録、市場は年間五千億円に達するともいわれています」

「カネの売買の割合は」

「調査会社はデータを公表していません。違法行為を助長しかねないとの判断もあると思いますが、実態を把握できないのが実情でしょう」

「警察はどう対応している」

「生活安全部のサイバー犯罪対策課が担当し、違法性の高い案件は内偵捜査を進めているが、成果は挙がっていません。暴力団の関与が疑われているので組織犯罪対策課も捜査を行なっているようです」

「購入者の決済方法は……クレジットカードか」

「カネの売買はそうです」

クレジットカードは購入時から口座での決済まで日数を要する。出品した金額に上乗せした分はその間の利息と手数料になるのだという。

鹿取は口を結んだ。

反応のしようがない。遠い星での出来事のようなものだ。

浅井が続ける。

「ほかの商品の場合は、ATMやコンビニを利用しての支払い、携帯電話会社を介しての入金もあります。出品者と購入者が直に取引するケースもあって、出品者の身元を特定するのはきわめてむずかしいようです」

「くわしいな。公安部も動いているのか」

「ええ。外国人の関与がささやかれているし、マネーロンダリングに利用されている恐れもあるので、フリマ市場の情報を集めています」

鹿取は首をまわした。

理解不能と、頭が拗《す》ねている。

「世の中が便利になるのも考えものですね」

松本が真面目な顔で言った。

異論はない。

データは社会の害悪でもある。

人が動くたび個人情報は増えてゆく。

どんなにセキュリティーを強化しようとも個人情報の流出はなくならない。ある組織内のコンピューターが外部からの不正アクセスをブロックできたとしても、内部にいる者の邪心を阻むことはできない。データにアクセスできる人間がいなくならないかぎり、コンピューター犯罪は永遠に続く。

それを利用する連中がいる。

振り込め詐欺の輩《やから》は、無闇矢鱈《やたら》に電話をかけまくっているのではない。入手した個人情報で資産状況や家族構成を把握し、狙い撃ちするケースも増えている。

個人情報を便利に使うのは暴力団にかぎったことではない。企業は人事や営業面で活用し、政治家は選挙票の獲得をもくろむ。

国民が利便性を求めれば求めるほど、それを悪用し、潤う連中が増える。

浅井が口をひらく。

「フリマが殺人事件に関係あるのですか」

「失踪中の佐川がフリマでカネ貸しをやっていたという情報がある」

鹿取は、吉田が入手した情報を簡潔に話した。

浅井は黙って聞き、鹿取が話しおえても口をひらかなかった。己の領分をわきまえているのだ。鹿取が推論を嫌がるのも知っている。


仄暗《ほのぐら》いフロアにジャズのスタンダードナンバーが流れている。西新宿のホテルのバーの片隅で、山賀は肘掛けにもたれ、グラスを傾けていた。

鹿取は、山賀の正面に座した。

「様になっているじゃないか」

「けっ。おためごかしを言うな」

「あんたをおだてても、得することはない」

言って、ウェイターにオールドパーの水割りを注文した。

山賀が口をひらく。

「新宿署にいたころ、キャリア様のお伴で何度か来た。きょうは、おまえの奢《おご》りよ。俺を顎でこき使いやがって」

顔は笑っている。

文句はない。捜査状況を知りたくて、山賀を呼びだした。

煙草をくわえ、火をつけた。ふかし、視線を合わせる。

「俺の処分はどうなった」

「おまえは運が強い」山賀がにやりとした。「それどころではなくなった。捜査本部《チョウバ》は混乱している。マスコミもおまえのことはどうでもよくなったみたいだ」

「被害者の家から盗品の宝石が見つかったせいか」

「吉田から報告があったのか」

「そんなところだ」

何食わぬ顔で言い、水割りのグラスを手にした。

琥珀《こはく》色に包まれた氷がキャンドルライトに輝いた。

山賀が続ける。

「中野署の連中は、宝石の入手経路がわからず、事件と宝石の因果関係も不明だから、現時点では佐川の身柄確保を優先するべきだと主張している」

「当然だな。犯行の目的がわからん。殺害か、もの取りか。盗品の宝石が目あてだったとして、犯人はどうして高価な三点を見逃したのか」

「……………」

山賀の目が鋭くなった。

無視し、言葉をたした。

「廣川らの考えは」

「意見を求めたが、曖昧な返答だった。手応えがあるのか、とりあえず、これまでの捜査を継続すると……俺が思うに、被害者の身辺を洗えば、被害者と佐川、さらには被害者と宝石が結びつくと考えているのだろう」

「捜査本部の幹部の判断はどうだ」

「うちの管理官は、三件の宝飾店強盗事案を重視している。盗難車に目出し帽。犯行の乱暴な手口……俺も気になる。管理官は強盗事案を担当する強行犯一係と五係に捜査協力を要請し、機動捜査隊が担当することになった」

「三件の捜査報告書は読んだか」

「もちろん。が、こっちの事案とつながるものはなかった。どの報告書にも被害者や佐川の名前はない。逆に、むこうはこっちの情報に興味津々らしい」

鹿取はゆっくり首をまわした。

頭の中には昼間に浅井がくれた資料がある。公安部が持つ情報を、宝飾店強盗事案を担当する三つの捜査本部はどこまで知っているのか。それを中野署の捜査本部に提供しているのか。確認したくて山賀に連絡した。

とくに関心があるのは強盗事案の捜査本部が〈C5〉に迫っているのか、不良中国人を意識しているのかという点である。

鹿取は慎重に言葉を選んだ。

「強盗事案の捜査本部《チョウバ》は犯人像が見えているのか」

「捜査線上にうかんだ連中は大勢いる」

「有力な手がかりは」

「おい」山賀が顎を突きだす。「やけにご執心だが、何を掴んだ」

「下衆《げす》の勘ぐりはやめろ」

「下衆の相手をしているんだ。頭の構造が似てきて、あたりまえだ」

山賀がグラスを空にした。ウェイターを呼び、お替りを頼む。

鹿取はオンザロックを注文し、山賀を見据えた。

「佐川の過去の一部がわかった。六年前、歌舞伎町のホストクラブにいた。二か月ほどのことだが、その間、木島幸子らしき女が一見客で来て、佐川が接客した」

「ほう」

山賀が口も目もまるくした。

「佐川に関しては、二人のホストが写真を見て、本人と断言した。木島のほうは断定できん。薔薇の城というホストクラブの顧客リストに木島の名前があった。が、ホストらに写真を見せても、憶えてないということだった」

「充分だ。ウラは取る」

言って、届いたばかりの水割りを飲む。液体の半分が消えた。

「まかせる」

「めずらしく、気前がいいな。心配はいらん。吉田の顔は立てる」

「どうでもいい。ウラ取りはそっちでやってくれ。吉田は別件で動く」

山賀が顔を寄せた。

「ほかにも手がかりを摑んだのか」

「きのう、佐川とおなじマンションに住む女から話を聞いた」

「エレベーターで佐川と鉢合わせた女だな」

「ああ。女の証言が気になるので確認した」

「どういうことだ」

「俺が見た服装とは違っていた。それに、窃盗事件をおこしたとき、佐川はリュックを持っていなかった」

「なんだと」語尾がはねた。「そんな報告は受けてないぞ」

「怒るな。情報隠しは俺もやっている」

「くそっ。それで、コインロッカーだったのか」

山賀が顔をゆがめた。

逃走中の被疑者はコインロッカーを利用するという先入観がある。おおきな荷物は邪魔になるし、人の記憶に残りやすいからだ。

「好きにさせておけ」

「そうはいかん。俺がこけにされたんだ」

中野署の捜査本部は捜査一課の管理官が統括し、山賀が指揮を執っている。

所轄署の署長は名目だけの本部長に就き、所轄署の刑事課長が会議の進行役を務める。それが慣例で、重大な凶悪事件が発生した場合にのみ警視庁の捜査一課の課長が捜査本部長となり、陣頭指揮を執る。

山賀は中野署の連中のやり方に腹を据えかねたか。

「些細なことよ。一々目くじらを立てれば器量を疑われる」

「ふん。おまえが溜飲《りゅういん》をさげてくれるのか」

「反吐がでるかも」

「くだらんことを言うな。で、どう動く」

「吉田には、不動産屋と、新大久保および本町の周辺にあるマンションやアパートをあたるよう指示した」

「なるほど。佐川は新大久保のマンションのほかにも部屋を借りている……そういう読みか。その根拠は」

「ない。が、口座が示すとおり、佐川がカネにこまっているとは思えん。佐川はカネ貸しをやっていたとの証言もある」

山賀が目を白黒させる。

「情報を小出しにするな」

「あんたの頭がショートしないよう話している」

鹿取はロックグラスを持った。ひと口飲んで、あたらしい煙草を喫いつける。

「ホストのひとりの証言だが、事実確認はこれから取る」

フリマアプリの話をするつもりはない。

「よし。応援をまわす」

「いらん」

にべもなく言った。

新大久保の韓国料理店『東栄門』の周辺をうろつかれるのは迷惑だ。独自捜査の邪魔になる。公安部にとってもめざわりだろう。

山賀が口をとがらせた。逸る気持に水を差されたか。

鹿取は話題を変えた。

「防犯カメラの解析は進んでいるか」

「難航している。盗難車が中野区本町の駐車場から青梅街道に出て、新宿方面へむかったところまでは、Ｎシステムのカメラが捉えていた。淀橋《よどばし》か西新宿あたりで路地に入ったのだろう。新宿一帯の防犯カメラとＮシステムの映像を解析し、駐車場や空き地を捜索しているが、目撃情報もない」

「解析は盗難車両に絞っているのか」

「ん」山賀が眉根を寄せる。「何が言いたい」

「的を増やせ」

「佐川か」

「そうよ。新大久保の自宅周辺は中野署の米村らが調べているだろうから、本町とその周辺の、未回収の防犯カメラの映像を解析してくれ」

「まかせろ」

山賀が即答した。

鹿取は首をひねった。

きょうの山賀はやけに素直だ。気になることはあれもこれも訊きたがるのに、確証のない話にも疑念をぶつけてこない。

山賀がウェイターを呼んだ。品書を見る。

「生ハムのピッツァとフライドポテト」鹿取にも声をかける。「おまえは」

「いらん」

ウェイターが去った。

「中野署に戻らないのか」

「きょうは店仕舞よ。管理官の小言は聞き飽きた」

「………」

鹿取は視線をそらし、煙草をふかした。

そろそろお開きにしたい。これからやることがある。その妨げにならないよう、山賀から捜査状況を聞きたかった。

「頼みがある」

声がし、視線を戻した。

「古巣の動きをさぐってくれないか」

「カッコウの巣か」

「ふざけるな」

声に迫力がない。息をつき、山賀が言葉をたした。

「管理官の話だが、三件の宝飾店強盗事件は公安部も独自に動いているらしい。それが事実なら考えられるのはひとつ……外国人の関与だ」

「三つの捜査本部《チヨウバ》も外国人を視野に入れているのか」

「排除はしていない……その程度だな。類似の犯行で外国人が指名手配され、逮捕されたケースもある。が、過去の事案と照合しても、手がかりは得られず、三つの捜査本部の捜査報告書に外国人の関与を窺わせる文言はなかった」

「それなら、興味を持つな」

「そうはいかん」山賀が声を強くした。「俺の気性は知っているはずだ。気になることに蓋はできん。打つ手がなければ諦めもするが、おまえがいる」

「……………」

鹿取は顎をしゃくった。

「公安部に鹿取あり……かつて、刑事部にもおまえの名は知れ渡っていた。それなのに、おまえは刑事部に異動してきた。異例の人事にまつわるうわさは耳にした。桜田門の官僚はいまも鹿取アレルギーがあるとも聞いた。そんな男が、幸か不幸か、いまは俺の部下……それが唯一の事実よ」

しんみりとした口調に変わった。目はやさしくなった。

鹿取は悟った。

いまも公安部とつながっている。山賀はそう思っているのだ。

思いあたるふしはある。山賀が新宿署から強行犯三係に転属してきて三年目。その間に公安事案が絡む捜査事案にもかかわった。公安部に邪魔されることもなく、事件を解決できたのは公安総務課の浅井の配慮のおかげである。

ためらいは消した。

「何が知りたい」

「公安部が宝飾店強盗事案に首を突っ込んでいるのかどうか……うわさが事実なら捜査状況も調べてほしい」

「あんた」目でも凄む。「公安部と喧嘩する気か」

「そんなつもりは毛頭ない。おまえが公安情報を摑めたとしても、それを元に捜査本部として動けるわけがない。管理官に情報元を教えるのは信義に反する」

山賀が真顔で言った。

料理が届いた。香ばしいにおいがする。

山賀がピッツァを食べるのを待って、話しかける。

「すべては俺の独断ということにする……そこまでして、手柄がほしいか」

「あたりまえだ」

「いいだろう。調べてやる。が、あんたには報告せん」

「聞きたくもない。秘密を墓場まで持っていくのは面倒だ」

「……………」

あきれてものがいえない。が、安心した。逆に、好都合ともいえる。鹿取が公安事案として動いても、山賀は文句を言えない。

同行したいとぐずる松本を車に残し、大久保二丁目の住宅街を歩く。

乾いた風が快い。真夏を思わせるような快晴の日が続いているが、夜になれば気温はさがる。肌寒く感じることもある。

大久保通りはうんざりするほど人がいた。鼻をつまみたくなる。

匂いに誘われて店に入るという人の気が知れない。焼肉やキムチを食べている間は忘れているが、匂いだけ嗅がされるのは閉口する。煙草を喫っているうちは平気なのに、そばで他人が喫う煙草からは離れたくなるのとおなじだ。

中国料理店『黄龍楼』の看板をちらりと見て、大久保通りを渡る。韓国料理店『東栄門』の前には五、六人の若い男女が輪になっていた。皆がスマートフォンを手に、ぺちゃくちゃ喋っている。店に入るか、決めかねているようだ。

鹿取は扉を開けた。店内は立て込んでいた。食欲をそそる匂いに変わった。

レジカウンターの女に声をかける。

「警視庁の鹿取です。店長に取り次いでください」

「お約束ですか」

「連絡はしてあります」

上司の山賀と別れ、松本に電話をかけたあと、『東栄門』の李店長の携帯電話を鳴らした。留守電になっていたので、ショートメールを送った。

――これから店を訪ねる。警視庁　鹿取拝――

いまのところ返信はない。

「お待ちください」

女がレジを離れ、奥へむかう。すぐに戻ってきた。

「あいにく外出しております」

「変だな」取って付けたように言う。「仕方ない。出直します」

そとに出た。若者の一団は消えていた。

来た道を引き返し、『黄龍楼』の扉を開けた。

「いらっしゃいませ」

黒服の男が笑顔で言った。

鹿取は、無言でエレベーターのボタンを押した。四階にあがる。

オフィスのドアをノックし、返事も聞かないうちにドアを開けた。

手前に六つのスチールデスクがくっついている。男一人に女が二人。来客とは思わなかったのか、三人とも顔をむけなかった。

窓際のおおきなデスクにいた黄志忠が立ちあがった。

「鹿取さん。おひとりで見えられたのですか」

落ち着いた口調だった。

表情は前回と変わらず、おどろいた様子も窺えなかった。

「となりで、話せるか」

「ええ。あまり時間はありませんが」

返答のさなかにきびすを返した。

応接室に入り、ソファで黄と向き合う。

「あれから浅井は来たか」

言って、煙草を喫いつける。

「いいえ。ここには滅多に顔を見せません」怪訝《けげん》そうな顔になる。「鹿取さんはどうして
……お仕事中ですか」

さぐるようなもの言いが気に食わない。

「東栄門の店長を訪ねてきたのだが、留守だった。で、しばらくここで時間潰しができないかと思って、寄ってみた」

「そうでしたか」

黄が独り言のように言った。うかない顔に変わった。

「迷惑か」

「あいにく用がありまして……でも、そういうことならこの部屋を使われてもかまいません。お茶を用意させます」

立ちあがろうとする黄を手のひらで制した。

「気を遣わんでくれ。これを」煙草をかざした。「喫いおわったら引きあげる」

黄が座り直し、口をひらく。

「鹿取さんは公安部の仕事もされているのですか」

「何でもやる」

そっけなく言い、視線をふった。

窓のむこうに『東栄門』の看板が見える。

掃除をしていないのか、白地に黄色のネオンはぼやけていた。


十分ほどで『黄龍楼』をあとにした。

路上に立ち、道路むかいに目をやる。『東栄門』に戻る気はない。

大久保通りをすこし歩き、路地に入った。

五十メートルほど先に駐車場がある。街灯に照らされる路上に人影はなく、喧騒の街の裏側はひっそりとしていた。

背後で靴音がした。二人か、三人か。

鹿取はふりむかない。想定内である。

靴音がおおきくなる。

鹿取も足を速めた。つぎの路地角に空き地がある。その斜向かいに駐車場。車を降りて大久保通りへむかう間に風景は憶えた。

路地角でふりむく。

二人の男が立ち止まった。どちらもキャップにサングラス。背格好もおなじだが、ひとりは黒っぽい半袖のポロシャツ、もうひとりはブルゾンを着ている。

目で誘い、鹿取は空き地に足を踏み入れた。

男らも入ってきた。二メートルほどの距離で足を止める。

「俺に用か」

返事はない。

「誰に頼まれた」

またしても声はない。

ブルゾン男が顎をしゃくる。

ポロシャツを着た男が突進してきた。

腰をおとして受け止め、相手の足を払う。ポロシャツ男は転ばなかった。鹿取の腰に抱きつき、踏ん張っている。

「鹿取さん」

駐車場のほうから大声が届いた。

松本が気づいたのだ。

来るな。声になる前に、風を切り裂く音がした。

ブルゾン男の右手にナイフがある。

右の頰を切られたのか、かすめたのか。痛みは感じなかった。

「くそっ」

鹿取は右の拳をふりおろした。ポロシャツ男の首を直撃する。うめき、男が膝をつく。

すかさず蹴りあげる。男が地面を転がった。

息つく間もなく、ブルゾン男が斬りかかる。今度はかわし、男の右腕をかかえた。腰で払う。男が尻餅をついた。

松本が駆け寄ってきた。

「逃げろ」

声を発し、ブルゾン男が背をむけた。

ポロシャツ男が立ちあがり、あとに続く。

「待て、こら」

松本が二人を追う。

「やめろ」

鹿取は声を発し、指先を右頬にあてた。

ぬめる感触がある。手のひらは血に染まった。

「鹿取さん」

戻ってきた松本が目の玉をひんむいた。

「行くぞ」

鹿取は車にむかって駆けだした。

民家やアパートの窓に人影がある。通報されれば面倒だ。

青梅街道に出る手前で車を停め、松本が救急箱を手にした。

鹿取はバックミラーを見る気にもなれない。車に乗ってから疼《うず》きだした。ぽたぽたと血が滴り、ズボンを濡らす。

松本が顔にふれた。

「これなら大丈夫です」

「はあ」

「出血の割に傷は浅い……頬骨が守ってくれました」

「何をぬかす。大事な顔に傷をつけられたんだぞ」

「本気で怒っていませんか」

「怒るだろう」

「男は顔じゃないと思いますが」

「顔だ。ほかに何がある。とっととヤブ医者のところへ運べ」

「ここから二十分はかかります。とりあえず、仮縫いをします」

「…………」

俺はスーツの生地か。怒鳴りそうになる。

松本が救急箱の蓋を開けた。

こういう事態になれているのだ。やくざのころの名残か、鹿取のためか。車には応急処置のための薬や医療器具が揃っている。

「ブラックジャックにするな」

「ブラックジャックに失礼です」

松本がタオルで血を拭う。消毒のあと、医療針を持った。

鹿取は目をつむった。

痛いのは我慢できる。が、動く針は見たくない。

応急処置は二、三分で済んだ。

松本が軟膏《なんこう》を塗り、ガーゼをあてる。

「抗生物質入りの止血剤です。押さえていてください」

言われたとおりにした。頭も疼きだし、文句を言う元気もなくなった。

痛み止めの錠剤を唾で飲みくだし、シートを到した。

麻酔が残っているのか、頭がぼうっとする。痛みはやわらいだ。

血で汚れた服を脱ぎ、ジャージに着替えた。赤坂のカラオケボックスにはひと月寝泊まりできる程度の下着や部屋着が用意してある。

鹿取はコーナーソファに座り、煙草を喫いつけた。やたら辛い。ひりひりする。熱のせいだ。一服して消し、水を飲んだ。

松本が手に持つウィスキーのボトルをテーブルに戻した。

「酒もやめたほうがよさそうですね」

「…………」

鹿取は口を曲げた。

麻酔薬と鎮痛薬にアルコールが加われば神経が麻痺して眠くなる。

――傷は浅いが、頬骨も傷んでいる。腫れと痛みはしばらく続く――

老医師はそう言って、十八針も縫った。

赤坂二丁目にある谷口《たにぐち》医院には二か月前も世話になった。市谷の自宅前で三人組に襲われ、脇腹を切られた。全治一か月と診断された。

かつて、谷口医院は三好組の緊急病院だった。診療科目は内科皮膚科だが、腕の確かな老医師は簡単な外科手術もやってくれる。もちろん、保険は利かない。

「ひと眠りしてください」松本が言う。

「腹が減った。うどんか、粥ならいいだろう」

眠るわけにはいかない。寝られるのなら酒を飲む。テーブルの腕時計を見た。まもなく午後十一時になる。携帯電話を操作し、耳にあてる。

一回の発信音で浅井がでた。

《どうでした、傷は》

早口で言った。

新大久保から赤坂へむかう途中も浅井に電話をかけた。詳細は話さず、二人組に襲われて顔を切られ、これから病院にむかうとだけ告げた。浅井は自分も行くと言ったが、それを拒み、待機するよう指示したのだった。

「直に治る」

あっさり返した。

《何があったのですか》

「東栄門の店長にすっぽかされた。それがとりつきよ」

事前にメールを送ったことから話し、『黄龍楼』に立ち寄ったことも教えた。

《なるほど》浅井が得心したように言う。《襲われるのも想定内でしたか》

「そうなるのを期待していた」

《メールを見た店長は黄龍楼の黄に連絡する……そう読んだのですね》

「手間を省きたかった。体力も消耗する」

からからと笑う声が届いた。

《楽をしようとするからですよ》

「俺に説教するな」

《すみません。で、襲った連中の顔を見ましたか》

「二人ともキャップにサングラス。面はわからなかった。が、ひとりの首のうしろには蝶《ちょう》のタトゥーがあった」

ブルゾンの男だ。払腰で転がすとき、男の首に蝶を見た。

《ほんとうですか》声がはずんだ。《前言を撤回します。怪我の功名……いえ、鹿取さんの勇断の賜物《たまもの》です》

「べんちゃらはいらん」

《あとで写真を見せますが、元中国語講師の武陽漢が接触したひとりに、蝶のタトゥーを

彫った男がいます》

「何者だ」

《アジアの民芸品を扱う雑貨商の息子です。父親は中国の広州出身の華僑で、店は青山骨《こっ》董《とう》通りにあります》

「公安部は、そいつをC5の一味と睨んでいるのか」

《やつには三軒の宝飾店が襲撃されたときのアリバイがあります》

「それでも関心がある……中国大使館とつながっているのか」

《武と一緒に、安書記官と食事をしたのが確認されています。安を監視する者によれば、武陽漢が姿をくらましたあとも、大使館に出入りしているそうです》

「………」

鹿取はカウンターを見た。

いい匂いがする。松本が出汁《だし》を取っているのだ。

《鹿取さん。どちらですか》

「カラオケボックスにいる」

《これからむかいます》

「土産を持ってこい」

《えっ……東栄門の店長ですか》

「ああ」

　そのために浅井の携帯電話を鳴らした。

《わかりました。逃亡幇助《ほうじょ》の容疑で身柄を取ります》

「それならあとで面倒になる。やつの行先は留置所じゃない。拷問部屋だ。任意同行を求めろ……拒否したら威《おど》せ。あんたの身に危険が及ぶ恐れがあると」

　ふくみ笑う声がした。

「何がおかしい」

《もうすっかり、公安部の鹿取さんに戻りましたね》

「煽《おだ》てには乗らん」

　しばし間が空いた。

《黄志忠はどうしますか。昼間は手をだすなと……優先順位に変更は》

「店長次第だ」

《わかりました。では、のちほど》

　通話が切れた。

　松本がトレイを運んできた。

「湯気はガーゼを湿らせるので、ザルうどんにしました」

　薬味は九条ネギとおろしショウガ、梅干しが添えてある。

この部屋には食材が揃っている。松本の妹がまめに用意しているという。

松本が細麺をすすり、顔をあげた。

「浅井さんが来るのですね。用意するものはありますか」

「ん」

「拷問が始まるのでしょう」

「内装屋の手配くらいだな」

こともなげに言い、箸を手にした。

銃弾がソファに埋まったことがある。カーペットが血で汚れたのは一度や二度のことではない。そのたび内装業者に依頼した。

咽越しのいいうどんをたいらげ、寝室に移った。

浅井が来るまで、ひと眠りする。


携帯電話の電子音で目が覚めた。二時間ほど眠っていたようだ。頭のもやもやは消え、傷の痛みもほとんど感じなかった。

――身柄確保。三十分後に着きます――

メールを読んで、寝室を出た。

「コーヒーを頼む」

声をかけてソファに座り、煙草を喫いつける。まともな味がした。熱もさがった。視野は狭くなったように感じる。頬が腫れている。

松本がトレイを運んできた。

マグカップと一緒に、油紙に包んだものが載っている。

「何だ、これは」

「暴れると傷にさわります」松本が澄ました顔で言う。「ここならリボルバーのほうがいいでしょう。相手の恐怖を倍増させられます」

「ごもっともだ」

油紙を剝がし、S&W製の拳銃をソファの隙間に差し込んだ。

イタリア製のベレッタ92と共に公安部にいたころから愛用している。

二本目の煙草を喫いおえたところに、チャイムが鳴った。

松本がドアを開き、身体をずらした。

アイマスクを付けた男が入ってきた。猿轡《さるぐつわ》もはめられている。顔は識別できなくても、背格好と髪型で『東栄門』の李店長とわかる。

浅井が店長の腕を引き、コーナーソファの空いているほうに座らせた。

「はずしてやれ」

浅井がアイマスクと猿轡をはずした。

「あなたは……」

店長が目の玉をひんむく。

鹿取はにやりとした。

「どうした。死んだとでも思っていたか」

「……………」

こんどは瞳が固まった。

浅井が離れ、カウンターの端に座る。正面には松本がいる。

鹿取は、松本に声をかけた。

「水割りをくれ。こいつの分も」

視線を戻し、店長を見据える。

「おまえのせいで、この様よ」

「何のことです」

「とぼけていろ。時間はたっぷりある」

松本がグラスを運んできた。

ボトルは持ってこなかった。凶器になるのを避けたか。

「飲め。舌がまわるぞ」

店長が頭をふる。

「これは……いったい、どういうことですか」

「見てのとおり。俺が訊問をやる」

「そんな。ここはどこです」

「知らんほうが身のためよ」

水割りを飲み、ふかした煙草を消した。

「俺が送ったメールを見たか」

「いいえ」

鹿取は右の拳を伸ばした。

鈍い音がし、店長が両手で顔を覆った。指の隙間から血が滴る。鼻血だ。

「店では居留守を使ったか」

「そうではなく……用があって……ほんとうです」

途切れ途切れに言った。

「ケータイをだせ」

目をしばたたき、店長が上着のポケットをさぐった。

鹿取は、スマートフォンを受け取り、画面にふれた。スマートフォンの機能には無知でも、通話とメールの操作はわかる。

発信履歴を見た。きょうの、21:13に電話をかけていた。鹿取が店長にメールを送った直後である。21:41 にもおなじ番号にかけていた。

鹿取は、その番号を指さした。

「相手は誰だ」

「黄龍楼の専務です。商店街の催事で相談したいことがありまして」

店長の口調がなめらかになった。

打ち合わせ済みか。そう思う。

去年の十一月、武陽漢が『東栄門』にあらわれたとき、店長は『黄龍楼』の黄志忠に連絡した。黄は公安部の情報屋なのだから、うそをついても通話記録でばれることくらい承知しているはずである。

鹿取はポケットの紙を取りだした。店長の携帯電話の通話記録と店長名義の銀行口座の入出金明細書。どちらも浅井が入手した。

通話記録の資料を店長の前に置き、黄色いラインを指さした。

「武陽漢が店に来た日だ。店の社長の指示どおり、おまえは『黄龍楼』の黄に連絡した。それが、午後七時二十七分。その五分後、黄から電話があり、おなじ日の午後十一時二十五分にもおまえは黄のケータイを鳴らした」

「………」

店長が眉尻をさげた。鼻の出血は失念したようだ。

「このときのことは打ち合わせなかったのか」

「何のことだか……わかりません」

言いおえる前に、鹿取は店長の上着の襟を取った。

引き寄せ、頭突きを見舞う。

うめき、店長が背をまるめた。

鹿取は顔をゆがめた。頰の傷は避けたが、衝撃がもろに伝わった。

カウンターの中の松本が、やめてくれと、目で懇願《こんがん》している。

店長の瞼《まぶた》の上が見る見るうちに腫れあがる。

鹿取は、銀行口座の入出金明細書を突きつけた。

「翌日、おまえの口座に百万円が振り込まれた。何のカネだ」

「それは……謝礼です。黄専務から……情報提供の……」

「喋るな」

邪険にさえぎった。

衝撃で傷口が開いたか。鎮痛剤が効かなくなったか。頭がうるさい。蜂が一斉に飛び回りだしたかのようだ。

鹿取は拳銃を手にし、安全装置をはずした。

「ひぃー」

奇声を発し、店長が腰をうかした。

銃声が轟《とどろ》く。店長の股間の数センチ前、ソファのクッションが飛び散った。

鹿取はゆっくり銃口をあげた。店長の顔を的にする。

「ま、待ってください」

店長の声が引きつる。顔は色を失くした。

裂けたソファに染みがひろがった。不快な臭いもひろがる。

「これが最後だ。おまえが死ねば、海に沈める。俺が殺《や》らなくても、いずれおまえは殺される。集《たか》り過ぎよ。三十万円、五十万円、百万円と、毎月のように、おなじ振込人からの入金がある。俺に助けられたと思って、正直に話せ」

店長がうなだれた。

一分は経ったか。店長が目を合わせた。

「すみません。おっしゃるとおりです」

聞き取れないほどの声だった。

鹿取は視線をずらした。

「浅井、代わってくれ」

言って、席を立った。

松本に目で合図をし、寝室に移った。

「無茶です」

あとから入ってくるなり、松本が言った。

目が怒っている。

「うるさい。傷を見ろ」

鹿取はベッドに横たわった。

松本が椅子に腰をかけ、ガーゼを剝がした。

「縫い目は解《ほど》けていません。でも、腫れがひどい。痛みますか」

「顔が熱い。頭がくらくらする」

「生きている証《あかし》です」

「はあ」

「鹿取さんも生身の人間というわけです」

「………………」

冗談を言い返す気にもなれない。

「氷を持ってきます」

言い置き、松本が寝室を去った。

戻ってきたときは瞼が重くなっていた。

「薬はもうすこし間を空けたほうがいいでしょう。これで」松本がタオルに包んだ氷を差しだした。「首筋を冷やせば楽になります」

すまん。

声になったか、ならなかったか。

松本が目を細めた。

どれくらいの時間が流れたか。松本の声で目を開けた。

半開きのドアから浅井が顔を覗かせていた。

「聞き取りはおわりました」

あかるい声だった。


カウンターのスツールに腰をおろした。

小便の臭いには耐えられそうにない。

李店長は寝室に移した。松本に傷の治療を頼んだ。

浅井がカウンターの中に入り、正面に立った。

「やつをどうします」

「しばらくここで預かる。店と家族には電話をかけさせ、適当な理由をつけて、しばらく東京を離れると言わせる」

「おまかせします」

あっさり返し、浅井が手を動かす。

「俺は水でいい」

鹿取は左腕で頬杖をつき、煙草をふかした。

だいぶましになった。頭の中を飛び交っていた蜂どもは消え去った。

浅井が水割りを飲んでから口をひらく。

「ほぼ、鹿取さんの推察どおりの証言でした。ただし、黄志忠と武陽漢の関係は知らないと……うそをついているようには思えません」

「東栄門の店長の口座にカネを振り込んだ者を特定できるか」

「精査中です。都内の複数のＡＴＭから現金で振り込んでいます。振込人の名前はすべて中村太郎《なかむらたろう》……ＡＴＭの防犯カメラの映像を回収するよう指示しました」

「振込はすべて、店長が黄に連絡したあとか」

「はい。店長のケータイの発信履歴と口座の入金履歴を照合しました。店長が黄に電話をかけた時刻とは関係なく、すべて翌日の振込でした」

「……………」

鹿取は視線をずらし、煙草をふかした。

黄志忠はなぜ武陽漢を逃したのか。中国人強盗団、Ｃ５の一味なのか。あるいは、中国大使館と公安部に二股《ふたまた》を掛ける二重スパイなのか。二重スパイであれば、C5と中国大使館はつながっていることになる。

煙草を消した。

「おまえが渡した以外の、黄のケータイの番号は特定できていないのか」

「残念ながら……黄志忠名義のスマートフォンは彼の家族や店の従業員との連絡用に使っていまして。別のガラケーも所持しているとの情報はあるのですが、所有者の名前どころか、番号も不明です」

言って、浅井がグラスを持つ。水割りを飲んだあと、セカンドバッグにふれた。

鹿取の前に二枚の写真がならんだ。

男を斜め前からと後方から撮ったもので、どちらも拡大しているように見える。

浅井が写真を指さした。

「このタトゥーですか」

「たぶん」

首に彫ったタトゥーは記憶のそれと似ている。が、色は憶えていない。写真の蝶は黒と青、薄黄と赤の四色。揚羽蝶《あげは》の一種か。

斜め前から撮った写真を手にした。顔の輪郭は似ている。写真を裏返す。手書きで〈馬《ま》輝東《きとう》 32才〉とある。

「雑貨商の倅《せがれ》と言ったな」

「はい。次男です。店は父親の社長と長男の専務が仕切り、馬輝東は経営にかかわっていないようです」

「公安部の監視対象者か」

「鹿取さんが襲われたと聞いて、急遽《きゅうきょ》、対象者に指定しました」

宝飾店襲撃時のアリバイがあることで、常時監視をしなかったということだ。

「指定をはずせ」

浅井が目をぱちくりさせた。

「馬も攫《さら》うのですか」

「いずれな。俺が襲われたんだ。俺がケリをつける」

頬杖をはずし、腰をあげた。寝室のドアを開く。

李店長が目を見開いた。椅子ごとひっくり返りそうになる。

「訊問を再開する。松本、連れてこい」

言って背をむけ、ソファに座った。

頭には韓国料理店『東栄門』の従業員の証言がある。

――連れの女性はきれいなブルーのマニキュアをしていて、そのことですこし話をしたので顔を憶えていました――

逃走中の武陽漢が『東栄門』に連れて来たのは木島幸子で間違いないだろう。それ以前に、佐川健一も木島を『東栄門』に誘った可能性がある。だとすれば、佐川と武の接点が気になる。木島は佐川を介して武と知り合ったのか。

――公安部の資料に木島幸子の名前はありません。武を監視中に撮った写真に木島は写っていない。佐川の写真もなかった――

浅井の話によれば、武陽漢と木島幸子が接触したのはC5が赤坂の宝飾店を襲撃した去年の九月以降ということになる。

現時点で、三人に共通するのは『東栄門』に行ったことだ。恐怖を体験した直後であれば、店長の消えていた記憶がよみがえるかもしれない。

★　★

何軒の不動産屋を訪ねたのか。数える気にもなれない。

新大久保駅の周辺にある店舗から始めて、大久保駅、北新宿百人町、淀橋と歩き回り、青梅街道に出て、中野坂上駅まで足を延ばした。

徒労の連続である。どの不動産屋のデータにも佐川健一の名前はなく、佐川の写真を見せても首をふるばかりであった。

捜査はそんなものだと理解している。それでも、頭と感情が駄々をこねる。強行犯三係と中野署刑事課の主導権争いのあおりを食った。そのうえ、鹿取は強行犯三係の同僚とも連携する気がない。鹿取の指示には納得しているし、単独での聞き込み捜査も嫌なわけではない。

頭は理解していても疲労が感情をゆさぶり、理想と現実の間で葛藤を始める。

スマートフォンで児童公園の位置を確認した。

中野坂上駅の近くのバーガーショップに入ったけれど、そとで食べたくなった。

正午前のせいか、ちいさな児童公園にはひとりの老女しかいなかった。その老女も背をまるめて公園を出るところだった。

ベンチに腰をおろし、顔をしかめた。木製のベンチは熱かった。朝から真夏のような陽が射している。太陽は真上で、園内にそれを遮るものが見あたらない。

冷房の効いた店内で食べればよかった。後悔しても後の祭りだ。ハンドタオルをベンチに敷いて座り直し、紙袋に手を入れた。

トマトとレタスをはさんだバーガーをかじり、フライドポテトをつまむ。アイスコーヒーを飲むたびため息がこぼれそうになった。

食べおわった直後、ジャケットのポケットのスマートフォンがふるえだした。

《山賀だ。何をしている》

「捜査中です」
《ふざけるな。何を調べている》
「不動産屋をあたっています。鹿取警部補から聞いてないのですか」
《鹿取は関係ない。おまえと話している。成果はどうだ》
「ないです。この三時間ほどは……」
《で、苛々しているのか》
「未熟者で、すみません」
投げやりな口調になった。
我慢はしている。どうせ臨時雇いですから。そのひと言は堪《こら》えた。
《鹿取を信頼しろ》
「はい」
短く答えた。
あれこれ言えば感情が爆発する。
《きょう、鹿取と連絡を取ったか》
「いいえ」
《やつと連絡がつかん。おまえに電話があったら、俺に連絡するよう伝えろ》
「何かあったのですか」

《鹿取がケータイの電源を切ると、俺の胃が痛みだす》

吹きだしそうになった。

おなじような経験がある。報告することがあって何十回も電話をかけたがつながらず、留守電も機能しなくて、神経を消耗した。

《頑張れ。労は報われる》

返答する前に通話が切れた。

「あたりまえです」

スマートフォンに声をぶつけた。徒労でおわらせるつもりはない。

不平不満は山のようにあっても、職務はやり遂げる。

刑事部署の悪習に慣れるつもりはさらさらない。

――捜査一課は男社会よ。テレビドラマのようにはいかん――

――差別……時代遅れです――

――そう思うなら、おまえが壁をぶち壊せ――

鹿取とのやりとりは胸に刻んでいる。

最後のひと言は思いつきか、本音か。そんなことはどうでもいい。

鹿取に電話をかけたが、つながらなかった。

一抹の不安が頭をよぎった。三月に音信不通になったのは、鹿取が三人組に襲撃されて腹部に重傷を負ったからだった。

頭をふり、不安を追い払う。鹿取は不死身。そう思っている。

青梅街道を新中野方面へ歩き、宮下不動産のドアを開けた。

冷たい風が頬をなでる。生き返ったような気分になった。

「おお、刑事さん」

代表取締役の宮下が声を発し、近づいてきた。

「先日は捜査にご協力いただき、ありがとうございます」

吉田は頭をさげた。

「よかった。来てくれて」

宮下が満面に笑みをひろげた。

毛のない頭が前回よりも輝いている。待ち人来る。そんなふうに見える。

「何かあったのですか」

「あれから気になってね。殺された奥さんの旦那と親しかった連中から話を聞いたんだ」

早口で言う。「座って話しましょう」

勧められ、応接ソファに腰をおろした。

宮下が言葉をたした。

「あなたに連絡しようと思ったのだが、連絡先がわからなくてね」

「すみません」

また頭をさげた。

あきらかなミスである。情報提供者には後々のため連絡先を教える。それを失念したようだ。鹿取に報告したくて気が急《せ》いていたか。

宮下が顔の前で手のひらをふる。

「お役に立つかわからんが、奥さんを何度か見たという男がいてね。古くからのつき合いで、亡くなった木島とも仲が良かった」

「被害者……奥さんとも面識があったのですね」

「もちろん。先日、飲み会の写真を渡しただろう。あのときも一緒だった」

中年の女が冷茶を運んできた。

吉田はメモ帳とボールペンを手にした。

「その方のお名前を教えてください」

「高橋透《たかはしとおる》……わたしと同い年で、幼稚園から高校まで一緒だった」

知らなくていいことまで喋る。前回もそうだった。

「高橋さんが被害者に会われたのはいつのことですか」

「去年の秋からことしの春にかけて……三、四回、顔を見たそうだ」

「話をされたのですか」

「一度だけ挨拶したと……むこうは急いでいるのか、愛想がなかったので、二言三言交わして別れたと言った」

「どこで会ったのですか」

「鍋屋横丁だって。高橋の家は木島ん家《ち》の近くなんだが、将棋が趣味でね。週に二、三回は鍋屋横丁の将棋クラブに通っているよ」

ますます舌がなめらかになった。

吉田は腰がうきかけている。

「高橋さんに会わせてください」

「いいよ」

あっさり言い、テーブルの固定電話の受話器を持った。

「宮下です。旦那はいるかな……あ、そう。どこの現場……そうか。何時ごろ帰る……わかったよ……なに、急用というわけじゃないんだ……」

聞いているだけで苛々してきた。

宮下が受話器を戻し、顔をむける。

「仕事にでかけたそうだ。老後の蓄えは充分なのに、身体が鈍《なま》ると言ってね。道路工事の現場で働いているのさ。誘導棒を持って交通整理……奥さんは、どこの現場か知らないそうで、四時までには帰ってくるだろうと」

吉田は腕の時計を見た。まもなく午後一時半になる。

一刻も早く高橋から話を聞きたいところだが、二時間半なら我慢も利く。

「四時過ぎに訪ねてみます。高橋さんの住所と連絡先を教えていただけませんか」

「いいよ」

宮下が席を離れ、紙を手に戻ってきた。

地図をプリントしたものだ。住所、氏名、電話番号が記してある。

「ありがとうございます」

礼を言い、メモ帳と一緒に紙をショルダーバッグに収めた。

「刑事さん、あなたの連絡先を」

言われ、吉田は眉尻をさげた。

また失念していた。気持に余裕を持てない悪癖は直りそうにない。


午後三時を過ぎ、鍋屋横丁の喫茶店に入った。鹿取と待ち合わせた店である。

煙草を喫いたかった。老女にアイスコーヒーを頼み、煙草をくわえた。一服し、右手を下に伸ばした。ふくらはぎを揉む。鉛のようだ。足の甲はむくんでいる。こんなときはスニーカーから老人用のウォーキングシューズに履き替えたくなる。

宮下不動産を出たあと、本町の不動産屋を訪ねて回った。どの不動産屋の顧客データにも佐川健一の名前はなかった。佐川の写真を見せても首をふるばかりで、しつこく食いさがると露骨に嫌な顔をされた。

鍋屋横丁商店街の中ほどにある将棋クラブも覗いた。マスコミが注目する新鋭棋士の登場でさぞや賑わっているだろうと思いきや、客は七、八人で、全員が年輩の男であった。平日の昼下がりということもあるのか。そこでは店主と客に、佐川と木島幸子の写真を見せたが、あたりはなかった。

そんなものだろう。知り合いか、よほど印象に残らないかぎり、道ですれ違う人の面相など憶えているはずもない。

アイスコーヒーを飲み、スマートフォンを手にした。着信はなかった。

――連絡ください　吉田――

山賀からの電話のあと、おなじ文言のショートメールを鹿取に三度も送った。

あんな勝手な男は無視しなさい。

頭のどこかで声がした。

そうしたくてもできない。気になりだしたらずっと引きずってしまう。二か月前のこともある。鹿取は不死身と思いつつも、おなじようなことがおきたのではないかと不安になる。父の悲劇が影響しているのか。

テーブルに置きかけたとき、スマートフォンがふるえた。

生きていたのか。ふいにその言葉がうかび、苦笑がこぼれた。

画面を見る。03から始まる番号には憶えがない。その場で耳にあてた。

「はい。吉田です」

《先ほどはどうも。宮下です》

「あっ、宮下さん。何かあったのですか」

《高橋が帰ってきました。女房に教えられたようで……家にいるそうです》

「わざわざ連絡をくださり、ありがとうございます」

《これから行くんだよね》

念を押すような口調だった。

「十五分もあれば着きます」

おざなりに言って通話を切り、ため息をついた。

他人の親切に感謝する余裕も失せたようだ。

高橋透の家はすぐにわかった。

門柱のインターフォンを押す前に、男があらわれた。待ち構えていたのか、庭にいたようだ。笑顔で近づき、「刑事さん」と訊く。

白の半袖ポロシャツにデニムパンツ。サンダルをつっかけている。

家にあがるよう勧められたが固辞し、庭に面した縁側で話すことにした。浅黒い顔はたのしそうで、それが警戒心をおこした。長話はうんざりする。

高橋の妻が麦茶を運んできた。

それを美味そうに飲んだあと、高橋が視線を合わせた。

「宮下から事情は聞きました。木島の女房のことだね」

「はい」

「まさか、殺されるなんて」また麦茶を飲む。「後家になって、若返ったように見えたのだが……人生、何がおきるかわからんね」

言って、高橋が頷く。

自問自答しているようなものだ。

「鍋屋横丁で会われたそうですね」

「そうそう」

デニムパンツの後ろポケットから紙を取りだし、縁側にひろげた。

中野区本町の地図だった。中野区役所が区民用に作成したものだという。

「将棋クラブの話は聞いたよね」

「ええ」

高橋が地図に左右の人差し指を立てた。

「ここが家で、こっちが将棋クラブ。初めはこの途中……クラブからの帰りだった。もう薄暗くて、近づいて気づいたのだが、声をかける前に行き違った。それからひと月後だったかな。二度目は鍋屋横丁の商店街で見かけてね」

「いつのことですか」

「去年の暮れ……師走の初めだったと思う。ばったり出会してね。むこうがおどろいたような顔をしたので、声をかけそびれてしまった」

「被害者はひとりでしたか」

「そう」

「どんな感じでしたか。身なりとか……以前と雰囲気が変わっていたとか」

「それはない。すぐに奥さんとわかったからね。服装はどうだったかな……コートを着ていたし……」言葉を切り、何かを思いついたかのように、顔を近づけた。「奥さんの何を調べているの。あの事件の背景に……」

「お答えできません」

声を強めてさえぎった。

「そうだよな」

高橋が姿勢を戻し、背をまるくした。

吉田は畳みかける。

「そのあとも見かけたそうですね」

「ああ。ことしの三月、立て続けに二回。それで、訊いたんだ。このへんに知り合いがいるのかと……そしたら、急いでいますからと、邪険にされた」

「被害者が怒ったのですか」

「怒ったかどうかはわからないが、目を合わせたときは気まずそうだった」

「そのときもコートを」

高橋が目をしばたたく。

「そういや、若い格好をしていたな。黄色のパーカーにジーンズ。高校生の孫娘とおなじような身なりで、実際、若々しく見えたよ」

「バッグとか、荷物を持っていましたか」

「そのときは手に提げていた。そこらのおばさんが持つ……布の……」

「トートバッグですか」

「そう、それよ。茶色だったかな」

「よく憶えていますね」

「邪険にされたから、しばらく後ろ姿を見ていたんだ」

「どちらへむかったのですか」

「奥さんの家とは反対方向」高橋が地図を指さした。「ここの路地を入った」

「被害者は、中野通りのほうから新中野駅にむかって歩いていたのですね。そのときも、彼女はひとりでしたか」

高橋が頷くの見て、地図を見つめた。

木島幸子の家は本町五丁目。丸ノ内線中野新橋駅から鍋屋横丁へむかう途中の住宅街にある。自宅からどこかへ行くさなかに高橋と出会した。そういうことか。

ショルダーバッグに手を入れ、佐川の写真をかざした。

「この男性に見覚えは」

高橋が眉間に皺を刻んだ。ややあって、首をふる。

「見たような気もするが、迂闊なことは言えないから」写真を指さした。「この人、殺人事件の容疑者なのかい」

「違います」

きっぱりと言った。

曖昧なもの言いでは高橋に誤解を与えてしまう。

高橋に教わった路地に入った。

静かな住宅街で、左右には民家が連なり、マンションやアパートも見える。

通行人がすくないのは心細いが、夜間の聞き込みよりはましである。

道を歩く複数の女に声をかけたあと、コンビニエンスストアに入った。カタカナ名のネームプレートをつけた男女の店員は、ろくに佐川と木島の写真を見ようともせずに肩をすぼめた。ちいさなスーパーマーケットの従業員の反応もおなじだった。マンションやアパートのメールボックスも視認した。マンションから出てきた子連れの女は、「近所づき合いがないので」と言って、そそくさと立ち去った。

そういう人たちへの対応には慣れた。

都会には他人に無関心な人々が住んでいる。聞き込み捜査に応じるのはひまを持て余した老人か、お喋り好きな中年の女か。街角で取材をするテレビクルーの連中が羨ましく思うときもある。他人に無関心で、人づき合いが苦手な人でも、カメラをむけられると笑顔を見せ、舌がなめらかになる。

右に左に寄り道をしながら、中野通りに出た。立ち止まり、腕の時計を見る。

まもなく午後五時半。勤め人や学生が家路に就く時間帯である。

これからが本番よ。

疲弊する自分の脚を励まし、氷砂糖を口に入れる。周囲を見渡し、目を留めた。

道路むかいにコンビニエンスストアがある。むこうは本町六丁目か。

引き返し、通行人たちに声をかけるつもりだった。気が変わった。聞き込み捜査の範囲をひろげることに抵抗はない。

吉田は横断歩道を渡った。

コンビニエンスストアのレジカウンターの中には五十年輩の男がいた。ネームプレートには日本名が記され、その上に〈店長〉とある。

思わず頰が弛んだ。

レジカウンターの前には三人の客がならび、二人の店員が対応していた。

接客がおわるのを待って、店長に声をかけた。

「お忙しいところをすみません。警視庁の者です」

警察手帳をかざした。

店長が眉を曇らせ、店内を見渡した。三、四人の客がいる。

「何でしょう」

迷惑そうなもの言いだった。

吉田はがっかりした。レジスターから離れる気はなさそうだ。気を取り直し、佐川健一と木島幸子の写真を見せる。

「この二人に見覚えはありますか」

店長が首をひねる。写真を手に取ろうともしなかった。

「あら」

うしろから声がした。

ふりむくと、五十年輩の女がプラスチックの籠を提げて立っていた。

「その人、何度か見かけたわよ」

吉田は、その女と正対し、写真をかざした。

「どっちですか」

「男の人。たぶん、うちの近くのマンションに住んでいると思う」

「どこのマンションですか」

舌がもつれかけた。

「待って」

言って、女が籠をカウンターに置いた。

吉田はその場を離れた。店長の不快そうなまなざしが神経にふれた。

精算を済ませた女と一緒に店を出た。

「どんな事件なの」

女があっけらかんと訊く。目がたのしそうだ。

「ある事件の捜査で、聞き込みをしています」

「大変ね。女ひとりで……写真の二人は事件の容疑者なの」

「女性は被害者です」口調がきつくなる。「先日、殺害されました」

「まあ」

　女が目をまるくした。

　吉田は佐川の写真を見せた。間を空ければ、質問攻めに遭う。

「この人で確かですか」

　女が頷く。

「間違いないわ」

「マンションまで案内していただけますか」

「もちろん。どうせ、そのマンションの前を通って家に帰るんだもの」

　女が歩きだした。

　一分と経たないうちに立ち止まり、女が左前方を指さした。

「あの、グレーのマンションよ」

「あそこから出てくるのを見たのですか」

「そう。入るところも……一度はスエットを着ていたから、住んでいるのよ」

「どうしてそんなに憶えているのですか」

「収集日でもないのにゴミ袋をだしていたから。注意したら睨まれて……」

「ありがとうございます」

　さえぎるように言い、吉田は頭をさげた。

「もういいの」

「はい。このことは誰にも話さないでください」

「容疑者なのね。わかったわ。うちの猫にも教えない」

「………」

吉田はあんぐりとした。

猫を膝に抱いて話しかける姿が目にうかぶ。

名前と連絡先を聞いて女と別れ、グレーのマンションへむかった。背に女の視線を感じたが、気にしてはいられない。

エントランスのメールボックスの前に立った。

五階建てのマンションには十八世帯が住めるようだ。

メールボックスのネームプレートに佐川と木島の名前はなかった。もっとも、ネームプレートの半分は白紙である。

そとに出て、マンションの周囲を歩いた。マンションの正面玄関の脇に非常階段があるだけで、左右と裏手は民家に接している。

マンションの玄関に戻ってしばらく待ったが、人の出入りはなかった。

指示を仰ぎたくて、鹿取の携帯電話を鳴らした。つながらない。

舌が鳴りそうだ。

――大至急、連絡を――

指先に力をこめて文字を打ち込み、ショートメールを送った。

ヘッドライトの輪がおおきくなる。ウィンカーが点滅し、タクシーが停まった。

鹿取が出てきて、路上に立つ。

吉田は駆け寄った。目がまるくなる。

「その顔、どうしたのですか」

「蜂に刺された」

鹿取が面倒そうに言った。

右頬はガーゼに覆われている。右目が細く見えるのは頬が腫れているせいか。

「そんなふうには見えませんが」

「気のせいよ。そんなことより、報告をしろ」

「…………」

吉田は顔をしかめた。

苛々しながら連絡を待っていたのだ。

可愛げのない人だ。心配するだけ損をする。そう思うが、鹿取の言うことは筋が通っている。緊急事案として鹿取に足を運ばせたのだ。

タクシーを使って新宿から中野本町に引き返す途中に鹿取から連絡があった。

——佐川が住んでいると思われるマンションを特定しました——

それだけ言って、詳細は話さなかった。

正確には、話すひまがなかった。「場所を言え。これから行く」吉田がマンションの所在地を教えたとたんに通話が切れたのだった。

吉田は左手の建物を指さした。

「あのマンションの、二〇一号室です」

「………」

鹿取は無言でグレーのマンションを睨んでいる。

吉田は言葉をたした。

「先日、話を聞いた宮下不動産の紹介で、高橋という人に会いました。その方は、去年の秋と暮れ、ことし三月には二度も被害者に出会し、一度は声をかけたそうです」

高橋の証言を受けて鍋屋横丁へむかい、本町六丁目のコンビニエンスストアで客の女に会ったことを話した。

「その女性は佐川の写真を見て、間違いないと断言しました」

「………」

鹿取は目を合わさない。

何を考えているのか。訊きたい気持を抑え、報告を続ける。

「マンションのエントランスと建物の周囲を視認したあと、新宿へむかいました」

鹿取が顔をむけた。

「マンションの住人から話を聞かなかったのか」

「しばらく待ったのですが、人の出入りがなくて……それで、マンションの管理会社を訪ねるほうが早いと判断しました」

「その間に、佐川がマンションを離れたら、おまえのミスになる」

「そんな……」

吉田は頬をふくらませた。

勝手なことを言わないでください。怒鳴りそうになった。指示を仰ぎたくて何度も電話をかけたが、つながらなかった。小言を言われる筋合いはない。

「臨機応変よ」

鹿取が独り言のように言った。

「お言葉ですが、新参者です。おまけに、臨時雇い……」

「それがどうした。おまえはネンネか。しくじるのが恐いのか」

「……」

吉田は奥歯を嚙みしめた。ぎしぎしと音が鳴りそうだ。

自分の行動が不満で、鹿取は口をつぐんでいたのか。そんなことが頭によぎる。

「まあ、いい。管理会社で何がわかった」

苦虫をのみくだし、口をひらく。

「賃貸管理部の担当と面談しました。本町六丁目のマンションの賃貸契約者のリストに佐川健一の名前はなかったのですが、被害者の名前を見つけました。木島幸子は二年前に1LDKの部屋を借り、ひと月ほど前に更新しています」

「居住者は何人になっていた」

「一名です」

「家賃の支払い方法は」

「口座からの引き落としです」メモ帳を見る。「SK企画。代表者名は白井《しらい》洋介《ようすけ》。西都信用金庫の阿佐谷《あさがや》支店……」

「待て」鹿取がさえぎる。「それをよこせ」

メモ帳を奪うように取り、携帯電話を耳にあてる。

「俺だ。至急、調べてくれ」

鹿取がメモ帳の文字を読みあげる。携帯電話を畳み、視線を戻した。

「電話で俺と話したあと、何をしていた」

「ここで監視を……二〇一号室の灯はついています」

マンションの裏手からベランダが見える。

「踏み込みましょう」

「何の容疑だ」

「えっ」

吉田は言葉に詰まった。

発言の意味がわからない。部屋に佐川がいれば任意同行を求めて事情を聞くつもりだった。鹿取もそうするものと思っていた。

鹿取が携帯電話を操作し、顔に近づける。

《山賀だ》

声がした。ハンズフリーになっている。

「佐川がいると思われるマンションを特定した。吉田の手柄だ」

《でかした。これから、そのマンションにむかうのだな》

「もう目の前にいる」

《佐川はマンションにいないのか》

「部屋に灯がついている」

《それならどうして踏み込まん》

「一々うるさい。すぐに米村らをよこせ」

《はあ。気は確かか》

「たぶん。米村が到着するまで監視しておく」

《何を考えている》

「話す前に、頼みがある。マンションの防犯カメラの映像を回収してくれ」

《そんなことは頼まれるまでもない》

「捜査本部《チョウバ》とは別よ。調べたいことがある」

《…………》

うめき声が聞こえた。

マンション名と部屋番号、住所を告げ、鹿取が電話を切る。

「どういうことですか」

吉田は食ってかかった。顔が熱くなった。

「佐川は中野署の的だ。おまえが佐川を引っ張ったところで、取り調べはやつらがやる。任意の事情聴取よりも窃盗事案が優先されるからな」

「納得できません」

「なら、好きにしろ。俺は引きあげる」

「そんな……」

吉田はくちびるを噛んだ。

こんな展開になるのなら、鹿取を無視し、単独で行動すればよかった。先ほど鹿取は、そうするべきだったと、ほのめかしたのではなかったのか。

鹿取の真意が読めない。

どっと疲れが押し寄せ、下半身が地蔵のようになっていくのを感じた。


中野署刑事課一係の米村が取調室に入ってきた。

「再会できてうれしいね」

軽口を叩き、佐川の前に腰をおろした。

声音にも機嫌のよさがわかる。

吉田は顔をしかめた。壁にもたれている。米村と佐川の横顔が見える位置だ。

京山という刑事が背後から佐川を睨みつけている。

「刑事さん」佐川が言う。「窃盗罪は不起訴になったんじゃないの」

おだやかなもの言いだった。

鹿取から聞いた印象とは異なる。

本町六丁目のマンションを訪ね、米村が窃盗容疑での逮捕状を見せたときも、佐川は抵抗しなかった。取調室でもおとなしくしている。

「それに、窃盗の被害者は殺されたじゃないか」

「それよ」

米村がにやりとし、デスクの書類に人差し指を立てた。前回、現行犯逮捕をしたあとの取り調べの供述調書のようだ。

「殺人事件の捜査をするうち、この供述に食い違いがでてきた。で、窃盗事案の再捜査をやることになった」

「………」

佐川が首をすくめた。

あきれたような仕種に見えた。

米沢が顔を近づける。

「殺人事件をいつ知った」

「ネットのトピックスで……殺された日の昼だったかな」

「どこで見た」

「さっきまでいた部屋だよ」

「あの部屋のことだが、おまえが借りたのか」

「知っていて訊くなよ」佐川が薄く笑う。「二年前に木島さんが借りて、俺が時々使わせてもらっていた」

「何のために……木島幸子さんとはどういう関係だ」

「仕事のパートナーさ。あの部屋で打ち合わせをしていた」

「どんな仕事だ」

米村のもの言いがきつくなった。

最初の余裕は消え、表情がけわしくなっている。

「ネットの仕事だよ。フリマアプリやネットオークションで買得《かいどく》の品を見つけて購入し、時期を見て出品する。簡単に言えば、ひとつの品を売買して利ざやを稼ぐんだが、ものによってはけっこう儲かる。流行に敏感でなきゃだめだけどね」

立て板に水のように喋った。

佐川の言葉からも、横顔からも、危機意識のかけらも窺えない。本町六丁目のマンションに隠れている間に知恵を巡らせたか。

疑念がひろがった。

佐川にはフリマアプリに現行紙幣を出品していた疑いがある。米村はそれを知らないのか。鹿取から報告を受けているだろう山賀は教えていないのか。

疑念を確かめる気にはなれなかった。米村を利することになる。

そう思い、苦笑がこぼれかけた。強行犯三係と中野署捜査一係の軋轢《あつれき》に辟易《へきえき》しているのに、自分も米村に協力する気がないのだ。

それがあたりまえだと擁護する自分もいる。

足を棒にして佐川にたどり着いたのに、こうして傍観者になっている。上司の山賀の配慮がなければ取調室には入れなかったと思う。

米村が訊問を続ける。

「本町のマンションにはいつからいた」

「ここを出たあと……近いからね。そろそろ新大久保に帰ろうと思った矢先にあの事件がおき、疑われるのが恐くて身を潜めていたってわけ」

「被害者と最後に会ったのは」

「あの日さ。気まずくなって、仲直りのタイミングを見計らっているうちに木島さんが殺された。まったく、ついてない」

「どうして木島さんを襲い、バッグを奪った」

「仕事のことで揉めて、木島さんが本町のマンションを出て行った。謝ろうと思ってあとを追ったんだけど、相手にされなくて……かっとなって突き飛ばした。誰かが悲鳴をあげたので、とっさにバッグを奪って逃げたのさ」

あいかわらず、佐川のもの言いにはよどみがない。

こういう展開になるのを想定し、対策を練っていたのか。

そう感じ、ひらめいた。

鹿取はどう思っているのか。

いったんは不起訴扱いになった上に、窃盗事件の被害者は死亡した。佐川を窃盗罪で勾留するのは限界がある。

佐川は殺人事件に関与していない。鹿取はそう読んでいるのか。あるいは、もっと深い思惑があって、佐川の取り調べを米村らにまかせたのか。

鹿取とのやりとりがうかんだ。

――臨機応変よ――

――お言葉ですが、新参者です。おまけに、臨時雇い……――

――それがどうした。おまえはネンネか。しくじるのが恐いのか――

あれは、単に、刑事としての心構えを説いたのか。

疑念と推測がひろがり、米村と佐川のやりとりは耳に入らなくなった。

★　★

中野新橋の食事処『円』は満員の客で賑わっていた。金曜の夜はいつもそうで、閉店時刻の午後十一時が過ぎても客が帰らないこともある。

蟹《かに》歩きをして客席と壁の間を通り抜け、二階にあがった。

公安総務課の浅井はすでに来ていて、座卓の前で胡座《あぐら》をかいていた。

浅井の正面に座ったところで女将の郁子が顔を見せた。

「蜂に刺されたの」

鹿取は右手で拳をつくった。

「これくらいの熊蜂よ」

「女王蜂じゃなくて残念ね」

あっけらかんと言い、冷酒の小瓶と小鉢を置いた。

「浅井さん、お食事はほんとうにいいの。遠慮しないでね」

「はい」笑顔で応じる。「ここでの遠慮は損をします」

「食べたくなったらいつでも声をかけて」

言い置き、女将が立ち去った。

鹿取は水茄子の塩揉みをつまみ、酒をやる。いつもの古漬けの沢庵がない。顔を見て、硬いものはむりと思ったのか。そういう機転が利く女である。

浅井が口をひらく。

「傷は、どうです」

「うっとうしい」

「その程度なら安心です」

「ふん」

浅井も松本もおなじことを言う。殺されなければ大丈夫。そんな顔をしている。

「捕物には立ち会わなかったのですか」

「疲れるだけよ」

そっけなく返し、煙草を喫いつけた。

米村らが本町六丁目のマンションに入るのを見届けたあと現場を離れた。

てくてくとＪＲ中野駅まで歩いた。総武線に乗り、自宅のある市谷へむかう途中でショートメールが届いた。

浅井からで、佐川逮捕の一報を聞き、連絡をよこしたという。

四ツ谷駅で下車し、丸ノ内線に乗り換え、中野新橋にむかったのだった。

「佐川には興味がないのですか」

「ある。が、窃盗事案が先だ」

浅井がにやりとした。

「窃盗事案での身柄拘束にはむりがある。鹿取さんはそう読んで、佐川が自由になるのを待っているのですね」

「図星だ」

「しかし、佐川が宝飾店強盗事件への関与をほのめかせば……」

「それはない。中野署の連中にはそこを攻める材料がない」

きっぱりと言った。

中野署の捜査本部はＣ５の存在を知らない。山賀の話を鵜呑《うの》みにすればそうなる。三件の宝飾店強盗事案と公安事案の関連性を気にする管理官も手詰まりの状態か。そうでなければ、山賀が公安部の情報をほしがるわけがない。

そう判断して、佐川の身柄を中野署の米村らに預けたのだ。

「となれば」浅井が言う。「長くてもあさって、日曜の夜には釈放される」

鹿取は頷いた。

被疑者として身柄を拘束できるのは四十八時間。俗に二泊三日といわれる所以《ゆえん》だ。正当な理由があれば、二度の勾留延長が認められる。

浅井が言葉をたした。

「捜査本部が佐川の勾留延長を申請し、それが認められるとすれば、被害者の自宅で発見された盗品の宝石に関する供述をした場合ですね」

「その可能性も低い。捜査本部は、Ｃ５の存在どころか、被害者の木島と武陽漢《チヨウバ》が接触したことも、佐川と武陽漢に接触の機会があったことも知らない」

「山賀係長にも報告してないのですか」

「ああ。おまえに迷惑はかけられん」

何食わぬ顔で言った。

うそや方便が通用しないことも、浅井が聞き流すこともわかっている。

浅井がセカンドバッグをさぐり、紙を取りだした。

「西都信用金庫阿佐谷支店に白井洋介名義の口座があるのは確認しました。が、本人確認はできなかった。生きていれば八十五歳。口座は六年前に開設。データに記載されている住所を調べましたが、口座開設当時にあったアパートは老朽化のため取り壊され、現在は駐車場になっています」

「売買された口座か」

「年齢から判断して、他人に頼まれて口座を開設した可能性もあります」

名義人と使用者が異なる携帯電話や預金通帳はごまんと出回っている。

「SK企画は法人登録されていません。銀行口座の名義は、SK企画、白井洋介。手続きは済ませたので、入出金明細書はあすの朝に入手できます」

頷き、酒をあおった。腹が鳴る。昼から食べていないのに気づいた。

「何か取ってきましょうか」

「いらん。続けろ」

浅井が別の紙を座卓に置いた。

「東栄門の李店長の口座にカネを振り込んだのは馬輝東でした」

「雑貨商の倅か」

「はい。青山と表参道、恵比寿と代官山、西新宿にあるATMの防犯カメラの映像に馬輝東が映っていました」

「黄龍楼の黄と馬がつながったわけか」

「そうなります」浅井が表情を曇らせる。「わが部署の捜査に自信がなくなりました。これまで黄と馬が接触したという報告はなかった」

「気にするな。事実、顔を合わせていないのかもしれん」

「それならなおのことです。黄も馬も中国大使館に出入りし、一等書記官の安建明と面識がある。赤坂の宝飾店を襲撃したあと行方をくらました武陽漢とも……馬輝東と黄志忠の関係に留意するべきでした」

「……………」

鹿取は左腕で頬杖をつき、煙草をふかした。

かける言葉は幾らでもある。が、それでどうなるものでもない。浅井なら失敗や反省をつぎに活かす。そう思えば、気休めの言葉など必要ない。

階段を踏む音がし、女将があらわれた。六号の土鍋を座卓に置く。

「これで辛抱して」

「上等よ」

鹿取は即座に返した。

見ればわかる。鱧《はも》の雑炊である。胃袋が歓声をあげた。

煙草を消し、木製のレンゲを持った。小鉢に盛り、浅井の前に置く。

「ありがとうございます」

浅井が頬を弛めた。よだれがこぼれそうな顔になる。

昆布出汁に塩と酒か。酸橘《すだち》を絞り落とし、食する。

土鍋を空にして息をつき、冷酒をあおった。

浅井がハンカチで額を拭い、視線を合わせた。

「馬輝東を引っ張ります」

「まだ早い」

「なぜですか」

「中国人強盗団、C5との関係がわからん」

「宝飾店の襲撃に参加していなくても、C5とはかかわりがある。鹿取さんが襲われたのはその証だと思います」

「どういうふうにかかわっているのか……それがほしい」

「………」

浅井が首をかしげる。

納得できないのか。気が急いているのか。あるいは、反省を引きずっているのか。

「直にわかる」

鹿取のひと言に、浅井が刮目《かつもく》した。

「中野署にいる佐川ですね」

「ああ。焦点はひとつ。佐川と木島の関係はわかった。佐川とC5の関係さえわかれば、全体の絵図が見えてくる」

浅井が天井を見あげて息をつく。

佐川を攻める。鹿取の胸の内を読んだのだ。

鹿取は頬杖をはずした。ずっと胸に引っかかっていたことがある。

「フリマアプリやネットオークションでは貴金属も売買しているのか」

浅井がにこりとした。

おなじことを考えていたのか。

「出品しています。が、低価格の品がほとんどです。何十何百万円の値がつく品も見ましたが、それらには鑑別書や保証書がついています。それがなければ、どんなに良さそうな品でも不安で買えないでしょう」

「襲われた宝飾店はそれらも盗まれたのか」

「いいえ。ショーケースの宝石と貴金属だけです」

「国内で盗品が売買された痕跡がないのはそれも理由のひとつか」

「何とも言えません。ただ、鑑別書や保証書がなくてもネット上での取引が成立するケースはあると思います」

「………」

鹿取は目で先をうながした。

お茶を飲み、浅井が口をひらく。

「購入者が出品者に連絡し、両者が直取引をするケースです。実物を見てどうしてもほしければ、盗品と教えられても買うかもしれない」

「なるほど」

ひと声発し、鹿取はまた頬杖をついた。

頭の中には別の推論がある。が、推測をひろげても仕方ない。

「東栄門の店長は、いつまで監禁するのですか」

「解放する。あの面は見飽きた」

身柄を攫った夜、二度目の訊問で新たな証言を得た。浅井が持ってきた馬輝東の写真を見て、武陽漢が店に連れてきたことがわかった。

韓国料理店『東栄門』を舞台に、武陽漢と木島幸子、武と馬がつながった。李店長と黄志忠、黄と馬の関係もあきらかになった。

残るは佐川と武が接触したか否か。それがわかれば事件の背景が見えてくる。

あたらしい煙草を喫いつけ、紫煙を吐いた。

「あすの午前中、赤坂にこれるか」

「ええ。店長を公安部が預かるのですか」

「あした、話す」

ふかした煙草を消し、頬杖をはずした。

薬を飲んで、横になりたい。頬骨が疼きだした。

翌朝、六時に目が覚めた。跳ね起きたというべきか。

寝返りを打ったさい、頬の傷を刺激したようだ。ジャケットのポケットをさぐったが、薬はなかった。きのう、吉田からの報告を受けてカラオケボックスを出るさい鎮痛剤を一錠しか持たなかったのを思いだした。二度寝はできそうになく、電車に乗るのもわずらわしく、タクシーで赤坂へむかった。

カラオケボックスのドアを開けるなり、元気な声がした。

「おはようございます」

松本は掃除機をかけていた。

炊事、洗濯、掃除、何でもやる。三好組の部屋住み時代に身につけたという。

「婚約者にやらせたらどうだ」

憎まれ口を叩き、コーナーソファに腰をおろした。テーブルに紙袋がある。化膿止めの抗生剤と鎮痛剤を取りだした。

松本が水を運んできた。

「お願いです。婚約者などと、口が裂けても言わないでください」

「むこうは式場をさがしているそうだぜ」

「はあ」

松本が顎を突きだした。

鹿取は薬を飲み、ソファにもたれた。痛みが鎮まるまで三十分はかかる。

「鹿取さんは妹から相談を受けているのですか」

「俺は、生涯、女の味方よ」

「わかっています。でも、この件ばかりは……」

すがりつくようなまなざしになった。

「おまえの心がけ次第だな。なにか、食わせろ。雑炊はいらん」

「きのうの夜中にトマトソースをつくりました。グラタンか、スパゲティーか」

「パンでいい。ソースにつけて食べる」

「おなじですね」

「ん」

「それを夜食にしました」

言って、松本が離れた。

背に声をかける。

「野郎は」

「となりで寝ていると思います。夜明けまでチンチロリンをやっていました」

「怪我人からカネをむしり取ったのか」

「はい。食事付きの宿泊料です」

ああ言えばこう言う。

松本も口が達者になった。

もちろん、文句はない。打てば響く会話はたのしい。

朝食を摂り、ソファで横になった。


身体をゆすられ目を開けた。間近に松本の顔がある。

「もうすぐ浅井さんが来ます」

「連絡があったのか」

「はい。鹿取さん、ケータイを切っているでしょう。それで、自分に」

記憶にない。電話がかかってくるか、かけるか。それ以外で携帯電話を手にすることはあまりない。電池が切れていることもよくある。

上半身を起こし、背伸びをした。頰の痛みは消えている。

「野郎は」

「朝飯を食って、寝室に引き返しました。鹿取さんがこわいのです」

言いおえる前にチャイムが鳴り、松本が動いた。

浅井が笑顔であらわれた。上着を脱ぎ、ソファに腰をおろす。

「機嫌がよさそうだな」

言って、鹿取は水を飲み、煙草を喫いつけた。

浅井がセカンドバッグのファスナーを開く。

「まずは、白井洋介名義の口座記録です」

テーブルに五枚の紙をならべる。

入出金明細書の数箇所に黄色の蛍光ペンでラインが引いてある。

ざっと見て、顔をあげた。

「取引が多いな」

本町六丁目のマンションの家賃と光熱費の引き落としのほか、取引はひと月に五十回ほどある。日付のあとの〈記号〉は〈現金〉と〈振込〉が大半で、入金のほとんどは振込みによるものだった。

「確認中ですが、フリマアプリやネットオークションの取引だと思われます」

「………」

俺も売りたい。口走りそうになった。

入金は一万数千円から十数万円まで。頭の数字のあとは利息の額ということか。ざっと見ても、ひと月に五十万円以上の利益はありそうだ。

煙草をふかし、また入出金明細書を見る。黄色のラインのひとつを指さした。〈お支払の金額〉の欄に〈500,000〉とある。

「これは端数がないぞ」

「ええ。ほかにも二十万円、三十万円。端数のないカネの振込先はおなじで、去年の十月以降に集中しています」

「ん」

眉根が寄った。

浅井が続ける。

「正確に言えば、赤坂の宝飾店が襲撃され、武陽漢が姿を隠したあとです」

「振込先の口座の名義人は特定したのか」

「はい。名義人の素性は不明です」

「白井洋介とおなじ代物か」

「おそらく。そちらの口座の記録も手配したので、まもなく手に入るかと」

「………」

鹿取は首をひねった。

何かの取引だろうが、何かは見当もつかない。C5が盗んだ宝石を小分けして買い取ったとしても、アシがつかないよう取引は現金で行なうはずである。

松本がコーヒーを運んできた。

ひと口飲んで、浅井が視線をむける。

「フリマアプリやネットオークションに出品されている宝石や貴金属が盗品であるか否かを判別するのは困難なようです」

「宝飾店強盗事案を担当する捜査本部は調べたのか」

「はい。新宿署と赤坂署に設置された捜査本部は盗品のリストを作成し、サイバー犯罪対策課に協力を依頼したそうです。が、宝石の鑑別書には品質が記載されないため、素材や形が似ている宝石でも盗品とは断定できず、ブランドの貴金属は量産されているので、商品番号がわからないかぎり、判別のしようがないと」

「で、諦めたわけか」

「そのようです。ことし一月に銀座でおきた強盗事案を担当する築地署に至ってはサイバー犯罪対策課に捜査協力を要請していません」

「ネット犯罪はやりたい放題……どうしようもない」

投げやりに言い、鹿取は首をまわした。

コンピューターとかインターネットと聞くだけで頭が眠くなる。

浅井が別の紙を取りだした。

「馬輝東が使用しているケータイの番号が判明しました。もっとも、それひとつを使用しているとはかぎりませんが」

鹿取は紙を手にした。

発着信履歴には日本人名と十一桁の数字が記されている。

「馬輝東が通う赤坂のバーの女から聞きました」

「デキているのか」

「どうでしょう。本人は、何度か食事をしただけと言っていますが」

「こっちの動きが馬輝東にバレる心配はないのか」

「大丈夫です。女は二年前に覚醒剤所持および使用の罪で起訴されて刑が確定し、現在は執行猶予期間中です」

「赤坂の何という店だ」

「みすじ通りの夜間飛行……AZプラザビルの四階にあります」

鹿取は視線をずらした。

「マツ、知っているか」

「いいえ。でも、ビルは知っています」

視線を戻すなり、浅井が口をひらく。

「その履歴に憶えのある番号はありますか」

「佐川をさしての質問か」

「ええ。身柄と一緒にケータイを押収したのでしょう」

「確認してない。そっちはどうだ。履歴の照合をしたんじゃないのか」

「作業中です。が、C5のメンバーを特定するのが目的なので、中野署の捜査報告書と照らし合わせるのは後回しになります」

「こっちでやる」

ぞんざいに言い、鹿取はソファにもたれた。

文句を言えば罰があたる。浅井は精一杯の協力をしているのだ。課長待遇の管理官とはいえ、公安事案の情報を外部に流しているのが知れたら処罰される。

理事官の黒岩警視正だったか。

浅井は、自分との連携を黒岩に報告しているのか。

ふと思い、頭をふる。

そんな気もするが、意に介さない。自分と浅井との縁なのだ。

「ところで」浅井が言う。「東栄門の店長は解放したのですか」

「これからだ。その前に、黄志忠に電話をかけさせる」

「…………」

浅井が目をぱちくりとした。

想定外のようだ。

「俺に攫われ、ひどい目に遭ったが、あんたとのことは喋らなかったと……その代価として、カネを要求させる」

「黄が信じるとは思えません。店長は、鹿取さんが東栄門を訪ねてくることを、黄に報告した。黄はそれを誰かに教え、馬輝東が鹿取さんを襲った」

黄志忠に連絡したことは店長が供述した。謝礼をめあてに報告しただけで、まさか鹿取が襲われるとは思わなかったと言い添えた。

「それが、どうした。おまえの推測にはウラがない」

「ウラがなくてもわかります」

浅井が不満そうに言い、くちびるを舐める。

熱くなっているのがわかった。

浅井も松本も身内のような存在である。が、二人との距離感は異なる。

浅井は己の信念に従って行動している。警視庁公安部を背負って立つという矜持《きょうじ》もあると思う。ゆえに、意見が衝突することもあった。過日、浅井が黒岩警視正の話をしたのも信念と自信があってのことだろう。

――見切りをつけてはどうですか……公安部は歓迎しますよ――

あの言葉がすべてを物語っている。

確かに、二十年近くを経たいまも、鹿取は公安部の数人とつながりがあり、公安事案をさぐる情報屋とも接触している。とはいえ、警視庁の幹部の多くは現在もなお鹿取への不信と憎悪を払拭していない。

――公安部に鹿取あり……かつて、刑事部にもおまえの名は知れ渡っていた。それなのに、おまえは刑事部に異動してきた。異例の人事にまつわるうわさは耳にした。桜田門の官僚はいまも鹿取アレルギーがあるとも聞いた。そんな男が、幸か不幸か、いまは俺の部下……それが唯一の事実よ――

上司の山賀の言葉がその証である。

にもかかわらず、浅井の発言を邪険には扱わなかった。公安部に未練があるわけでも、郷愁の念があるわけでもない。浅井の心中をゆさぶりたくなかった。

浅井が言葉をたした。

「鹿取さんが襲われたように、店長の身に危険が及ぶ恐れもあります」

「そう思うなら、公安部が警護しろ」

「えっ」

浅井が目を見開いた。すぐに表情が弛む。笑みがこぼれた。

「囮《おとり》にするのですね」

「解釈は勝手よ」

ぶっきらぼうに返し、煙草をふかした。

「今回の鹿取さん、やけに慎重ですね。自分に気兼ねしていませんか」

「するか。店長は貴重な証人、黄は放し飼いにするほうが得をする。おまえにとっても、おれにとっても、な」

「わかりました。解放したあと、店長を二十四時間態勢で監視します」

頷き、松本に声をかける。

「でかける支度をさせ、野郎を連れてこい。ひと仕事させたら、解放する。すまんが、野郎を自宅まで送ってくれ」

「鹿取さんらしくもないことを言わないでください」

「はあ」

「すまんなどと」

松本の目が怒っている。

鹿取は視線をそらした。

その先で、浅井が目を細めていた。

「どいつもこいつも、うっとうしい」

悪態をつき、ソファに横たわった。

三人が部屋を出たあと、シャワーを浴びた。鏡を見ながら頬のガーゼをはずした。縫い目に沿って赤く腫れている。飲酒のせいか、寝相が悪いせいか。傷の治りが遅いように思う。跡が残りそうだ。

パンツを穿《は》き、バスタオルを首にかけ、ソファに戻った。

ペットボトルの水を飲んだあと、くわえ煙草で携帯電話を手にした。青色に点滅している。開いた画面に〈小泉真規子〉と携帯電話の番号がある。松本の見合い相手を無視するわけにもいかない。ためらいながら発信し、携帯電話を耳にあてた。数回鳴らし、切りかけたところで声がした。

《はい。小泉です》

くぐもった声がした。息があがっているようにも感じた。

嫌な予感がする。

「鹿取だ。オフィスにいるのか」

《通路に出ました》

「俺に、話があるのか」
《怪我をされたそうですね。大丈夫ですか》
「かすり傷よ。マツから聞いたのか」
《はい。しばらくオフィスに出られないと言うので、事情を訊きました。鹿取さんは生傷が絶えないそうですね》
「そんなことまで喋ったのか」
《名誉の負傷……警察官の鑑《かがみ》だとも》
「あの、ばか」
《お願いがあります》
「…………」
通話を切りたくなった。聞かなくてもわかる。
《そんな鹿取さんのそばにいると思えば、夜も眠れません。なので、オフィスに顔をだすよう、鹿取さんから言っていただけませんか》
「自分で言ったらどうだ」
《言いました。鹿取さんを慕っているのはわかります。でも、わたしや妹さんの気持もわかってほしい……わたし、間違っていますか》
「あんたはまともだ」

《それなら、お願いです。あの人を説得してください》

「あんたの気持はマツに伝える。が、言うことをきくか、保証はできん」

返事を聞かずに、電話を切った。

灰皿にくすぶる煙草が短くなっている。

ウィスキーをグラスに注ぎ、水で薄める。ひと口飲んで、息をついた。

小泉から電話があったことも、会話の中身も、松本に話すつもりはない。そんなことをすれば、松本は意固地になり、小泉を遠ざける。松本と小泉が所帯を持とうと、関係のないことだ。他人の人生に口をはさむようなまねはしない。

この先、松本がどういう人生を歩もうとも、自分から松本との距離は変えない。それは自分が思うことで、去る者は追わない。

首をまわし、上司の山賀に電話をかけた。

「これからむかう。一時間もあれば着く。準備を頼む」

携帯電話を畳み、グラスを空けた。

頰にあたらしいガーゼをあて、テープで留める。

寝室に移り、クローゼットを開けた。麻の立襟シャツを着て、カーキ色のコットンパンツを穿く。ガンショルダーを肩に吊るし、愛用のベレッタをサックに挿した。

両手の指先を瞼にあて、かるく揉む。

かれこれ二時間になる。中野署の小部屋にこもり、三十インチほどの画面を四分割した映像を見ている。本町六丁目のマンションに設置された防犯カメラは四箇所、玄関に面した道路と自転車置場、エントランスとエレベーターである。

防犯カメラの映像は直近六か月分が保存されていた。

メモリーチップのおかげで保存期間が長くなった。それに、都心のマンションの防犯カメラは機能、画質とも著しく良化し、犯罪捜査に貢献している。

とはいえ、四箇所の動く映像を同時に目で追うのは疲れる。中野署の小部屋に入って二時間あまり、ことし三月の前半の映像を見おわったところだ。早送りをくり返してもそんなものである。

――……高橋という人に会いました。その方は、去年の秋と暮れ、ことし三月には二度も被害者に出会し、一度は声をかけたそうです――

頭には吉田の報告がある。

ペットボトルのお茶を飲み、視線を戻した。〈再生〉を押す。

十分ほど過ぎたとき、マンション前の路上に女があらわれた。黄色のパーカーにジーンズ。吉田の声が鼓膜によみがえり、画面の右下を見た。03/17/14:48。

鹿取は携帯電話のカレンダーを見た。三月十七日は土曜日である。

女はマンションに入り、エントランスの操作盤にキーを挿した。自動扉が開き、女がエレベーターに乗る。上昇し、すぐに停まった。エレベーター内の表示灯は女の陰に隠れて見えないが、二階に停止したとわかる。

殺された木島幸子で間違いなさそうだ。

手帳に日時を書き、ふたたび画像を見る。

五分後、男がマンションに入った。赤のダウンジャケット。黒っぽいセカンドバッグを脇にかかえている。操作盤にふれた。キーはない。インターフォンを押したか。ほどなく自動扉が開き、男はエレベーターに乗った。今度は表示灯が見える。〈2〉に赤いランプが灯っている。画面には03/17/14:54とある。

鹿取は低く唸《うな》った。

横顔と後ろ姿しか見えなかったが、馬輝東に似ている。

早送りをしないで、小一時間が過ぎた。

空のエレベーターが二階で停止し、男が乗り込んだ。丸首の長袖シャツ。両手に赤い服とセカンドバッグを提げている。

鹿取は目を凝らした。

首のうしろにタトゥーのようなものがある。蝶とは判別できなかった。

息をつき、画像を停止して立ちあがる。小窓を開け、煙草をくわえた。

木島と馬輝東がつながった。前夜に佐川がマンションに入り、木島らしき女があらわれるまで佐川は姿を見せていないので、三人が顔を合わせたと思われる。

めずらしく高揚感がめばえた。想定外というわけではない。木島は佐川に会うために本町六丁目のマンションを訪ねたのか。ほかに目的があったのか。それを確認したくて、上司の山賀にむりを頼んだのだった。

窓のそとにむかって紫煙を吐いた。

いつの間にか、空は白い雲に覆われていた。風も感じる。

ノックのあとドアが開き、山賀が入ってきた。

カップホルダーをテーブルに置き、ちらりと画像を見た。

「俺の首はつながりそうか」

苦笑交じりに言った。

防犯カメラの映像を回収したことが早々とばれたのか。

訊くのは控えた。そんな気もする。

「収穫はあった」

「そうか」

声をはずませ、山賀がパイプ椅子に腰をおろした。

鹿取も座って、コーヒーを飲む。視線を合わせた。

「いいものを見た。が、いまは話せん。確証を摑んでからだ」

「いいだろう。一発逆転……おまえならサヨナラ満塁ホームランも打てる」

「それまで持つのか」

「心配ない。俺は管理官に信頼されている」

「ただの腰巾着だろう」

「何とでも言え。俺は上をめざす。そのためなら何でもやる」

「オオバコか麴町《こうじまち》署の課長になりたいのか」

新宿署や渋谷署など、規模のおおきい所轄署をオオバコという。規模はちいさくても、警視庁と皇居に近い麴町署は格上で、優秀な人材が揃っている。

「見くびるな。めざすは一課長よ」

「あ、そう」

鹿取は投げやりに返した。

夢が叶うとは思えない。

警視庁刑事部捜査一課は花形部署で、その課長の職はノンキャリアの最高到達点ともいわれる。警視庁の課長職の大半は警察庁から出向する官僚が占めているが、捜査一課長の椅子にはノンキャリが座り続けてきた。

むりと思っても、山賀の野心を嘲るようなまねはしない。逆に、野心を抱く者をほほえましく思う。世の中、そういう者がすくなくなった。

「手応えはあるのだな」

山賀が念を押すように言った。

「殺人犯にたどり着けるかどうかわからんが、突破口にはなる」

「よし。手伝えることはあるか」

「口をつぐめ。それだけよ」モニター画面を指さした。「この映像は俺が預かる」

「冗談言うな」山賀が声を張る。「そんなことがばれたら……」

「心配するな。コピーを取ったら返してやる」

うめき声を洩らしたあと、山賀が顔を近づける。

「いったい、何が映っているんだ」

鹿取は右頬を突きだした。

「この傷よ」

「おまえを襲ったやつが映っているのか」

この部屋に入る前、二人組に襲われたことは簡潔に話した。

「ああ。その野郎は宝飾店強盗事件にかかわっているかもしれん」

「ほう」

山賀の口がまるくなる。眼光が増した。

まるでカメレオンだ。話の展開次第で表情がころころ変わる。

「公安部の情報か」

「訊くな。それが身のため……管理官もおまえを護《まも》りきれん」

「…………」

山賀が息をついた。瞳が左右に動く。

打算を始めたようだ。その顔もすっかり見慣れた。

ふかした煙草を消し、山賀を見据えた。

「邪魔が入れば、俺は動きづらくなる。わかるよな」

山賀がこくりと頷く。

空唾をのんだようにも見えた。

「捜査本部《チョウバ》に進展はあったか」

「けさ、犯行に使用したと思われる盗難車が発見された。新宿区中落合の駐車場だ。月極で借りている人から通報があった。空きスペースに、カーカバーをかけたまま何日も放置されている車があると……Nシステムや防犯カメラの映像と照合中で、同時に、車内の遺留品の鑑定を急いでいる」

興味はない。

「ほかには。佐川の取り調べはどうだ」

山賀が首をふる。

「被害者との関係はべらべら喋るそうだ」

鹿取は頷いた。

きのうの訊問の内容は吉田から報告を受けている。

「佐川は、フリマアプリやネットオークションに出品された商品を売買し、利ざやを稼いでいたそうだ。商品の購入資金を被害者が受け持ち、自分は購入した商品を高値で売り捌く……土地転がしのようなものだと、嘯《うそぶ》いているらしい」

「………………」

それだけか。訊きかけて、やめた。

フリマアプリに現行紙幣を出品している疑いがあるとは話していない。

——……佐川はカネ貸しをやっていたとの証言もある——

そう教え、事実確認はこれから取るとも言い添えた。だから、山賀は、佐川の身柄を押さえたあとも、米村らにその件を話さなかったのだろう。

「携帯電話は押収したか」

「スマホとガラケー、それに、ノートパソコンも。ただし、スマホとノートパソコンにはデータがほとんど残っていない。隠したいことがあって消去したと思われる。で、専門部署が解析を急いでいる」

淡々としたもの言いだった。

山賀はカネ貸しの件を忘れたのか。興味がないのか。そんなふうにも感じた。それなら好都合である。

質問を続ける。

「宝石の件はどうだ」

「進展がない。米村には攻める材料がないんだな。あれこれゆさぶりをかけても、佐川は動じるふうもなく、きょうは口数がすくなくなったらしい」

「時間切れを狙っているわけか」

「だろうな。吉田から聞いたが、佐川は余裕をかましているように見えると」

「幹部の判断は」

「管理官は釈放する意向だ。もうしばらく取り調べの様子を見るが、殺人事案にかかわる重要証言がないかぎり、勾留延期の申請はしないと決めた。中野署の連中は反対しているが、俺は覆らんと思う」

「様子見の期限は」

「きょうの夜かな」

「釈放が決定したら連絡をくれ」

「ん」山賀が眉根を寄せる。「佐川に用があるのか」

「訊くな。胃に穴が開くぜ」

「…………」

山賀がぽかんとした。不安そうな顔になる。

「まずは映像を解析する。で、必要なら佐川から事情を聞く」

「そんなふうには受け取れんが……まあ、いい。おまえに託す」

鹿取は肩をすぼめた。

託す。まかせる。下駄を預ける。山賀の常套句《じょうとうく》である。前回の捜査事案では、毒を食らわば皿まで、とほざいた。本音が半分、半分は己を説得しているのだろう。

フロントパネルのデジタルを見た。

まもなく午後十時になる。

――取り調べのタイムリミットは十時。何もなければ、そのあと釈放する――

一時間前、山賀から連絡があった。

鹿取は顔をあげ、前方に目を凝らした。十メートルほど先の左側に中野署がある。報道記者か。道端に四、五人が屯《たむろ》している。

「めざわりですね」

運転席の松本が言った。

答えず、鹿取は携帯電話を手にした。

《山賀だ》

「頼みがある。やつを釈放する直前に、会見を開くと言って、玄関の前にいるハイエナどもを署に引き込め」

《おいおい。署の前で面倒をおこす気か》

「そうならんよう、頼んでいる」

《わかった》ため息まじりに言う。《これから手続きを踏む。佐川が自由になれるのは約三十分後だ》

返事をせずに通話を切った。電話がかかっている。

「はい、鹿取」

《浅井です。間違いありません。防犯カメラに映っているのは馬輝東です》

中野署の小部屋で山賀と密談したあと、浅井に電話をかけた。

警視庁には防犯ビデオの映像を解析する部署がある。高性能の機材を用いて鮮明に解析できる。浅井が公安事案として依頼すれば作業時間も短縮できる。

赤坂で待ち合わせ、メモリーチップを渡した。午後五時のことだ。

そのあとカラオケボックスに戻り、出前をとって夕食を済ませた。一時間前に山賀からの連絡を受け、松本の車で中野署にむかったのだった。

「三月十七日以降も動きはあったか」
《はい。馬輝東は、一週間後の三月二十四日にもマンションを訪ねています。木島幸子が部屋に入ったのは十七日と二十一日、二十四日……つまり、十七日と二十四日は三人が顔を合わせた可能性が高いということです》
「二回だけか」
目で時刻を確認する。午後十時八分。視線を移し、中野署のほうを見る。
道端の男らはまだいる。
《二月と四月も調べましたが、その二回きりです》
「よし。解析は中断しろ」
《これから赤坂へむかえばいいのですね》
「あそこはまずい。いずれ佐川は法廷に立つ。そうなれば、マツに迷惑がおよぶ」
場所を特定されない方法はある。
これまでに何度も犯罪者を攫い、カラオケボックスで訊問を行なった。韓国料理店の李店長も目隠しをして連れ込み、解放するさいもばれないようにした。
だが、今回は気になる。電話での小泉真規子とのやりとりが頭に残っている。
《では、とりあえずそちらへむかいます》
「頼む」

通話を切った。

待ちかねたように、松本が口をひらく。

「迷惑ではありません」

「うるさい」

「鹿取さん」顔を近づける。「何か、あったのですか」

「喋るな。気が散る」

「……」

松本が口をもぐもぐさせた。

携帯電話がふるえた。

「はい、鹿取」

《手続きが済んだ。これから記者を中に入れる》

聞き取れないほどの声だった。

他人の耳を気にしているのか。胃が痛むのか。

「安心しろ。的は絞った」

《そうか》

声に安堵の気配がまじった。

携帯電話を畳み、松本に話しかける。

「そろそろだ」

「はい」

声が元気になった。

松本は気持の切り替えが早い。おかげで、助かっている。


中野署から男が出てきた。佐川だ。歩道に立ち、携帯電話を手にした。

松本がハンドルに手をかける。

「どうします。やつの前につけますか」

「待て」

誰と連絡を取っているのか。これからどう動くのか。

佐川の口が動く。携帯電話を耳にあてたまま車道に出た。手を挙げる。

「タクシーに乗ったら、あとを追え」

松本に言い、携帯電話にふれた。ハンズフリーにする。

《浅井です》

「どこだ」

《新宿の大ガードを潜ったところです》

「やつはタクシーに乗る。そっち方面だ。西新宿か中野坂上あたりで待機しろ」

《構わないのですか》

「誰かと電話で話している。そいつと会うかもしれん」

《わかりました。では》

「切るな」

タクシーが停まった。

佐川が左右を見てから乗り込む。まだ電話で話をしているようだ。

「控えろ。タクシーは東友《とうゆう》観光。ナンバーは、品川△5×い ○3 - △○」

通話のままにして、松本を見る。

「やつは尾行を警戒している。用心しろ」

「承知です」

声に余裕がある。

こういう局面は何度も経験している。

タクシーの左ウィンカーが点滅する。

「聞こえるか」

《大丈夫です。イヤフォンを挿しています》

「タクシーは中野坂上の交差点を左折。大久保通り方面だ」

《了解》

急発進する音が聞こえた。

タクシーとの間に二台の乗用車がいる。

「スピードが落ちましたね」松本が言う。

「信号でまかれるなよ」

二つ目の信号を通り過ぎた。

「あっ」

松本が声を発した。

同時に、衝撃音がし、座席のエアーバッグがふくらんだ。追突されたのだ。

身動きが取れない。

「くそっ」

松本が何かを手にした。二つのエアーバッグがしぼむ。

浅井の声がした。

《鹿取さん。大丈夫ですか》

「ああ。こっちにかまうな。タクシーを追え。やつの身柄を確保しろ」

《パトランプをまわします》

かたわらをグレーのセダンが走り抜ける。

《追突したのは黒のミニバン。二人が飛びだし、左側の路地に逃げ込みました》

「後始末を頼む。所轄署が動けば面倒になる」

《了解です》

返事のあと、誰かと話しだした。別の携帯電話で連絡を取ったようだ。

《鹿取さん。公安事案として処理します》

「助かる。やつに追いつきそうか」

《あと数秒……いったん、切ります》

鹿取は息をつき、煙草をくわえた。ウィンドーを降ろし、火をつける。

となりで、松本が歯嚙みしている。顔は真っ赤だ。

鬼の形相の松本を見るのは何年ぶりか。

「おい、大丈夫か」

「許せません。新車にぶつけるなんて」

「ん」

「先日、新大久保へ行ったときが初乗りでした」

「………」

気づかなかった。そういうことには無頓着に生きてきた。

ややあって、吹きだしそうになる。堪え、声をかける。

「そう怒るな。あのとき、血で汚したじゃないか」

「鹿取さんは何をしてもいいんです」

松本の怒気は鎮まりそうにない。

《身柄を確保。つぎの指示を》

一瞬、ためらった。状況が変わった。早く中野署の所管区域から離れたい。

「赤坂へ運べ。目隠しを忘れるな」

《そっちの車は動きますか》

「戦車にぶつけられても大丈夫です」

答えたのは松本だった。

小泉真規子の顔がうかんだ。鬼女になっていた。

損傷の程度を確かめることもなく、新車のメルセデスは赤坂に着いた。

カラオケボックスの前にセダンが停まっていた。

松本に声をかける。

「あの車を駐車場に移動しろ」

鹿取が降りるとセダンのドアが開き、浅井が出てきた。助手席のほうにまわり、佐川と思われる男を引きずりだした。アイマスクに猿轡《さるぐつわ》をつけている。

松本も出てきて、浅井から車のキーを受け取った。

外壁の階段をあがり、三階の手前の部屋のドアを開けた。

浅井が佐川の首根っこを摑んで中に入れる。

コーナーソファの片方に、浅井と佐川がならんで座った。

鹿取は上着を脱ぎ、テーブルに腰をかけた。

煙草を喫いつける間に、浅井がアイマスクと猿轡をはずした。

「あっ」

声を発し、佐川が目をしばたたく。

肩から吊るした拳銃が目に入ったようだ。

「憶えてくれていたのか」

にやりとし、煙草をふかした。

「あんた……どうして……ここはどこだ」

佐川がしどろもどろに言い、室内を見回した。

「中野署よりも快適だぜ」

「ばかなことを……俺は、帰る」

立ちあがろうとする佐川を、浅井が押さえつけた。

「この人を怒らせるな。経験しただろう」

「あんたは……」

「公安部の浅井」

警察手帳をかざした。

浅井は腹を括っている。この先は公安事案として対応する覚悟なのだ。

「…………」

佐川が顔をしかめた。

公安部と聞いて、不安が増したか。目が泳ぎ、落ち着かなくなった。

ノックのあと、松本が入ってきた。無言でカウンターの中に入る。

鹿取は手を伸ばし、佐川のパーカーのポケットをさぐった。

佐川が身を固くする。

「これですか」

浅井が携帯電話を手にした。

「ガラケーだけか」

「ええ。本人によれば、スマホは後日、返還すると言われたそうです」

鹿取は頷いた。

——スマホとガラケー、それに、ノートパソコンも。ただし、スマホとノートパソコンにはデータがほとんど残っていない。隠したいことがあって消去したと思われる。で、専門部署が解析を急いでいる——

山賀のもの言いと表情から察して、深読みする必要はなさそうだ。

データ解析の専門部署がフリマアプリへの現金出品の事実を確認できたとしても、後の祭りである。すでに佐川は手の中にいる。

携帯電話を受け取った。

こちらは削除しなかったようだ。どうせ通話記録でばれると思ったか。アドレス帳にはイニシャルと数字がならんでいる。

発信履歴を開いて佐川に見せ、一番上の数字を指さした。

「これは誰だ」

「………」

佐川がそっぽをむく。

鹿取は右の拳を伸ばした。

鈍い音がし、佐川の身体がゆれた。

浅井が支える。

「何遍も言わせるな。この人が切れたら、誰にも止められない」

「刑事なのに」

佐川が蚊の鳴くような声で言った。

「そんなことは関係ない。この人を怒らせた犯罪者の何人もが病院送りになった。死人もでた。もちろん、公務執行妨害として処理された」

「ばかな……」

二人のやりとりは無視し、鹿取は一番上の数字の相手に発信した。

つながらない。着信履歴を見る。最新のものは二日前だった。釈放直後に佐川が連絡した相手は、佐川が捕まったと思ったか。

松本がグラスを運んできた。

濃い水割りを飲んでいる間に、浅井がセカンドバッグから紙を取りだした。

「このガラケーの通話記録です」

「090―×2△×―〇9××。おなじものはあるか」

浅井が指と目で追う。

「あります。五月八日に着信、二日後に発信……四月はなくて、三月は四回。十四日と十五日に着信、十八日が発信で、二十一日が着信……それ以前は……」

「もういい」

鹿取はさえぎった。佐川を見据える。

「馬輝東という男を知っているか」

「……………」

佐川の瞳が激しくゆれた。

顔をそむけないのは恐怖のせいか。くちびるが腫れだしている。

「答えろ。馬輝東とはどういう関係だ」

「ただの遊び友だち……それも、人の紹介で知り合った」

「いつ、どこで、誰に紹介された」

「去年の秋だったか、焼肉屋で……紹介した男もその店で知り合いになって……」

途切れ途切れに答えた。

考えながら喋っているのはあきらかだ。瞳のゆれは続いている。

浅井がテーブルに写真をならべた。公安部の監視対象者か。四枚の写真の中には失踪中の武陽漢と『黄龍楼』の黄志忠の顔もある。

浅井が佐川の頭髪を摑む。

「よく見ろ。この中に紹介した男はいるか」

「………」

佐川が口元をゆがめた。ろくに写真を見ようともしない。

鹿取は水割りで間を空けた。まだ我慢は利きそうだ。

浅井が続ける。

「これは公安事案の捜査だ。中野署にいたときのようにはいかん。どんな手段を使ってでも口を割らせる」

「この人は」佐川が鹿取を指さした。「捜査一課の刑事じゃないか」

「そう。だが、連携している。鹿取さんが何をしようと、公安部が責任を負う。たとえ、おまえが半殺しの目に遭おうと……ただし、おまえが正直に話せば、おまえが犯した罪は問わない。身も護ってやる」

噛んでふくめるように言い、手を放した。

しばしの間が空き、佐川が口をひらく。

「身を護るって……誰から」

「思いあたるふしがあるだろう」

佐川が力なく首をふった。

「鹿取さんの顔を見ろ。頰の傷は馬に襲われたときのものだ。馬には刑事を襲うリスクを冒してでもそうする必要があった。さっきもそうだ。おまえが馬に電話をかけたあと、鹿取さんが乗った車は何者かに追突された」

「…………」

佐川が目を見開く。

「知らなかったのか」佐川が頷くのを見て、浅井が続ける。「おまえを逃がすためか……それだけとは思えん。意味がわかるか」

佐川がこくりと頷いた。

血の気が引くのが見てとれた。

浅井が畳みかける。

「馬を、誰に紹介された」

佐川の右手の人差し指が動き、武陽漢の写真にふれた。

「武山《たけやま》……本人はそう名乗ったが、あとで中国人だとわかった」

「本名は」

「知らない。ほんとうなんだ。でも、馬が中国人だと教えてくれた」

「馬と武山……先に知り合ったのは武山なんだな」

「そう。さっき話した焼肉屋で顔見知りになった」

「客同士なのに」

「店員に紹介されたんだ」

「おまえがつき合っていた女性か」

佐川が目をしばたたく。

「そんなことまで……彼女は専門学校で中国語を学んでいて、武山は講師だった」

「おかしいじゃないか」

浅井が声を荒らげ、武陽漢の写真を指さした。

「この男は本名の武陽漢で講師をしていた」

「知らないよ。彼女が名前を言ったか、言わなかったか……憶えてない」

「どこの焼肉屋だ」

「新大久保の東栄門。看板は韓国料理店になっている」

「武山と知り合ったのはいつのことだ」

「彼女とつき合ってすぐだった。そのときケータイの番号を教えた。しばらく経って連絡があり、歌舞伎町で一緒に遊んだ」

「………」

浅井の眼光が増した。佐川の携帯電話の通話記録を見る。

「電話がかかってきたのは去年の九月か、十月か」

「憶えてないよ」

浅井が通話記録の紙を突きつける。

「どの番号だ」

「これ……末尾の41」

目配せして、浅井が立ちあがる。自分の携帯電話を手に、隣室に消えた。

公安部に連絡するのだ。通話記録を入手し、機種にGPS機能が装備してあれば、それで位置を確認する。位置情報の利用は名義人の任意契約だが、警察は携帯電話のGPS端末を令状なしで犯罪捜査に活用していた。最高裁判所が違法と認定したあとGPS端末を使っての捜査には手続きが必要になったが、公安部は現在もなお、手続きを踏まないで情報収集活動を行なっているという。

鹿取はソファにもたれ、煙草をふかした。

この場は浅井にまかせた。

佐川が話しかける。

「刑事さん。公安は何を調べているのですか」

「重々承知じゃないのか」

佐川がぶるぶると首をふる。

「とぼけるな。教えてやるが、公安のやり方は半端じゃない。おまえがうそをついたり、白を切ったりすれば、おまえを囮《おとり》にするかもしれん。もちろん、おまえの身の安全などおかまいなしよ」

よどみなく喋った。

まんざらうそではない。自分がやってきたことだ。

浅井が戻ってきた。水割りを舐めるように飲んで、佐川に話しかける。

「訊問を続ける。十月の末以降、武陽漢との電話でのやりとりがないが、なぜだ」

「そんなこと……別に、用もなかったし……」

「質問を変える。馬の職業を知っているか」

「貿易商だと聞いた」

「本人が言ったのか」

「そう」

浅井が通話記録の紙をかざした。

「武陽漢とのやりとりが途絶えたあと、入れ替わるかのように馬輝東と連絡を取り合っている。これをどう説明する」

「どうって……偶然だよ」

「そうは思えん」

浅井が語気を強め、ソファにもたれて息をついた。

表情が険しくなっている。

おとなしい訊問も限界に近づいてきたか。思案しているのか。

数秒のち、浅井が姿勢を戻した。

「去年からことしの始めにかけて、新宿、赤坂、銀座の三箇所で宝飾店が襲われ、宝石類が奪われた。知っているか」

「聞いたことがある」

か細い声で答える。また瞳がゆれだした。

「武陽漢はそれらの事件に関与した疑いがある。警察がそれを公表せず、極秘に捜査を行なっているのは外交上の問題があるからだ。武陽漢と馬輝東は中国大使館とつながっている。おまえはそんな二人とつき合っていた。しかも、おまえに馬輝東を紹介した前後、武陽漢は姿をくらました。ただの遊び仲間で済むと思うか」

「そんなことを言われても……」

「うるさい」

怒鳴りつけ、浅井が視線をずらした。

「鹿取さん。こいつはどうしようもないうそつきです」

鹿取は頷いた。

浅井の思惑を悟った。

機密性の高い公安情報を話し、佐川を袋小路に追い詰めた。捜査に協力しなければ佐川の身の安全は保証しない。そういう意思を示したのだ。

鹿取は、ふかした煙草を消し、佐川を睨みつけた。

「フリマアプリで荒稼ぎしているそうだな」

「…………」

佐川がきょとんとした。

「カネが有り余っているのか」

「えっ」

「紙幣を売っているそうじゃないか」

佐川がぶるぶると首をふる。

「儲けたカネで盗品の宝石を買い、それも出品している」

「冗談じゃない」

佐川が金切り声を発した。目の玉がこぼれ落ちそうだ。

「浅井。おまえの言うとおりだ。こいつを生かしておけば、人様が迷惑する」

「そう思います。あとは鹿取さんの好きなようにしてください」

「いいね」

にやりとし、鹿取は拳銃に手をかけた。

佐川が腰をうかし、のけぞる。

浅井が両手で押さえつけた。

「どこを撃ちますか」

「うそをつく舌よ。抜くより手っ取り早い」

「死にますよ」

「知ったことか。おい、マツ。海に運べるか」

「もちろんです」松本が声を張る。「クルーザーには重い鉛もあります」

「待ってくれ」

佐川の声が裏返る。

顔が青ざめ、くちびるがふるえた。

鹿取は拳銃を抜いた。

★　★

上半身を起こし、ベッドの上で背伸びをした。

熟睡できたようだ。頭がすっきりしている。

昨夜は日付が変わって帰宅した。シャワーを浴びて二階の部屋に戻ったあと、ヘッドフォンをつけ、MILES DAVISの『BAGS GROOVE』を聴いた。音色が疲れた身体の細胞に沁み入り、ささくれた神経が弛んでゆくのがわかった。

ピアノのTHELONIOUS MONKやドラムスのKENNY CLARKEら、強烈な個性の持ち主とセッションを組むこのアルバムはMILESの凄さを改めて感じさせる。

MILESが奏でるトランペットの音色は時代と共に移ろう。精進すればこんな音をだせるようになるのかと感心させられる。

わたしは青い。

そんなことを思いながら眠りについたのだった。

時刻は午前六時半になる。のんびりしてはいられない。八時から会議がある。ベッドを抜けだし、ペットボトルの水を飲んだ。くわえ煙草でショルダーバッグを点検し、着替えを済ませる。

母はキッチンに立っていた。

「おはよう」

あかるく声をかけ、ダイニングテーブルの椅子に腰をおろした。

母がマグカップをテーブルに置く。

「きょうは機嫌がよさそうね」

「そうかな。かなりへこんでいるけど」

母が正面の椅子に腰をおろした。両肘をつき、顔を寄せる。

「何があったの」

「わたし、邪魔者みたい。嫌われているのかも」

「どうしてそんなことを言うの」

「臨時雇いだって……鹿取さんに言われた」

「………」

母が目をまるくした。

吉田は顔をしかめた。

つい、声になった。母には心配をかけたくない。ずっとそう思ってきた。が、言葉にした以上、続けるしかない。ここで口をつぐめばよけい心配をかける。

「強行犯三係のひとりが病気で休職しているの。その補充のためにわたしが……そんな事情があるなんて、知らなかった」

「知っていたらどうしたの。辞令は拒めないでしょう」

「そうね。でも、そういう事情があるのなら、いくら頑張っても臨時雇いのレッテルは剝がれない……正当に評価されないと思う」

「他人に評価されたくて警察官をやっているの」

「そうじゃないけど……」

吉田はくちびるを嚙んだ。

母が見つめている。視線をそらせなかった。息をつき、口をひらく。

「このままでは人間不信……疑心暗鬼に陥りそう」

「誰だって経験することよ。人の心は読めないもの。自分を信じなさい。そうすればいつの日か、心も視界も拓《ひら》けるときが来る」

吉田は母の双眸《そうぼう》を見つめた。

山間に眠る湖のようだった。

母が腰をあげる。

「トーストでいい。寝坊して、時間がないの」

「うん」声がはずんだ。「おかあさん、ありがとう」

母が目を細めた。

吉田はマグカップを持った。

コーヒーは格別の味がした。

★　　★

雑多な街だ。

ここに来るたび、そんな感慨を持つ。ビルの二階にある喫茶店の窓から、ほこりを被ったような街を眺めている。

昼下がりになっても大久保通りは賑わっている。スマートフォンを手にした若い女の姿がめだつけれど、パンフレットを持つ白人や、笑顔の中年女らもいる。

「遅れて、すみません」

声がして、鹿取は視線をふった。

三十分前に電話をかけて吉田を呼んだ。

佐川への訊問をおえたのは朝方のことである。佐川と松本を隣室に行かせ、鹿取はソファで寝た。浅井は警視庁で仮眠すると言って部屋を去った。

床に落ちて目が覚め、隣室を覗いた。佐川は手錠をかけられたままベッドで眠り、松本は床で大の字になり、いびきを掻いていた。

コップ一杯の水を飲み、顔を洗ってカラオケボックスを出た。新大久保へむかい、韓国料理店『東栄門』に入って李店長と言葉を交わしたあと、むかいの『黄龍楼』で食事を摂った。四階のオフィスを覗いたが、専務の黄志忠は不在だった。

どうということはない。新大久保をうろつくことで李や黄を牽制《けんせい》し、この先の仕事の邪魔をさせないようにするのが目的である。

吉田が正面に座る。いきなり、目をまるくした。

「ひどい傷ですね」

ガーゼはしなかった。付けていると何となく気になる。頬に幅一センチほどの赤黒い線が走っているが、腫れはなく、傷口が開く心配はなさそうだ。

「誰に切られたのですか」

「悪党よ。おまえのほうこそどうした」

「えっ」

「顔があかるい。男ができたか」

「怒りますよ」

吉田が目を三角にした。

すぐに表情を戻し、ウェートレスにアイスコーヒーを注文する。

「会議はどうだった」

「険悪な雰囲気でした。佐川を釈放したことが原因です。中野署の人たちは山賀係長の説明に、声を荒らげて反発していました」

「おまえはどうだ」

「すっきりしません。あと一日勾留できたのに、釈放が早すぎたと思います」

「おかげで、俺の頭はすっきりした」

「はあ」

「中野署では俺の出番がないからな」

「まさか……釈放した佐川の身柄を……」

「きょうは勘もよさそうだ」

「茶化さないでください。佐川をどうしたのですか」

「徹夜の訊問……おかげで、肌はかさかさよ」

「………」

吉田が頬をふくらませた。

文句を言う気にもならないのか。

鹿取は煙草をくわえた。火をつけてふかし、話しかける。

「佐川は殺人事件にかかわっていない。が、事件の背景の真ん中にいた」

「どういうことです」

吉田が前のめりになる。瞳が輝きだした。

「すべてを話せば日が暮れる。話せないこともある」煙草をふかし、続ける。「佐川はフリマアプリでカネを売っていたのを認めた。カネだけじゃない。盗まれた宝石や貴金属も出品していた」

「三軒の宝飾店から盗まれたものですか」

「ああ」

「佐川がその事件の犯人だったのですか」

鹿取は首をふった。

「犯人は五人組。中国人グループだと、ほぼ特定されている」

「初耳です。捜査会議で強盗事件とのかかわりが議題になり、三つの捜査本部に捜査協力を要請しましたが、そういう報告はありませんでした」

「知らないのさ」

そっけなく言い、煙草を消した。

どこまで話していいものか、判断しかねている。

「強盗事件の捜査本部が知らないことを、どうして鹿取さんが知っているのですか」

「中国人だと言っただろう」

「…………」

吉田がぽかんとした。まばたきをくり返したあと、くちびるが動く。

「公安事案……ですか」

「そういうことだ。公安部は中国人グループのひとりを特定し、その男の行方を追っている。が、影さえ踏めないらしい」

「なぜ、公開捜査に踏み切らないのですか」

「その男、中国大使館の要人とつながっている」

「…………」

吉田がのけぞった。

めまいがしたのか。倒れそうに見えた。

ウェートレスがグラスを運んできた。それにも気づかないようだ。

鹿取はためらいを捨てた。殺人事件を優先する。

「男の名前は武陽漢……待て」

吉田がショルダーバッグに手を入れるのを見て、声を張った。

「公安部の機密情報を喋っている。俺が話すことは頭で覚えろ」

「はい」声がかすれた。

「武陽漢は、佐川が木島幸子と組んで、フリマアプリに紙幣を出品していることを知り、木島を紹介してくれと頼んだ。盗品を売りたかったのだ」

「佐川は被害者が金持ちだと喋ったのですね」

「そういう証言はなかった。武陽漢は、木島が佐川のスポンサーだと思ったようだ。木島は興味を示し、盗品を見せてもらった。が、宝石に鑑別書がついていなかったので難色を示した。武陽漢は偽造鑑別書をつけると言い、木島はそれをのんだ。ここまでの話は佐川の証言で、ウラは取れていない」

佐川の証言を裏付けられる者は二人。木島は死亡、武は逃走中である。

それでも、鹿取は佐川の証言を信用している。

鹿取と浅井の茶番を真に受け、拳銃を突きつけられた佐川は、憑《つ》きものがおちたかのように喋りだした。言葉の端々から武陽漢に恐怖を抱いていたことが窺《うかが》えた。

そのあたりの佐川とのやりとりは鮮明に憶えている。

――木島さんは、買い取った盗品をフリマアプリに出品しようと言いだした。端《はな》からそのつもりで買ったとも聞いた。俺は反対した。カネの出品と違って、間違いなく犯罪だからね。でも、押し切られた。あの人には勝てない。俺が拒んでも、木島さんは自分で出品する……そう思えば手伝うしかなかった――

――ヒモの辛さか――

――何とでも言ってくれ――

――売れたのか――

――予想以上の反応だった。はじめは用心して比較的安い貴金属を出品した。それが飛ぶように売れて……日本人はブランド物に目が無い。正価の半額で新品が手に入るとはいえ、保証書がなくても売れるのにはびっくりした――

――取引はカード精算か――

――それではアシがつく。直に連絡を取り合い、ホテルのラウンジで取引をした。木島さんは見栄えが良かったから、相手も安心したと思う――

――宝石はどうだ――

――おなじ、直取引だった。ただし、高価な宝石の出品は避けた。購入者も入手経路を疑うし、警察に目をつけられるかもしれない――

――フリマアプリに出品することは、武陽漢も知っていたのか――

――それだよ――

佐川が表情を曇らせ、ため息をついた。

――どうやって知ったのかわからないけど、二か月ほど前、馬から連絡があって……武陽漢が激怒していると……警察に知れるのを恐れたんだ――

――武に会ったのか――

――馬と……木島さんが会って話し合った。でも、折り合いがつかなかった。木島さんは自分が買ったのだから、文句を言われる筋合いはないと言い張って……馬は武陽漢に相談して、それなら買い戻すと言ったが、木島さんが値をつりあげたので交渉は決裂した。俺、木島さんに忠告したんだ。宝飾店を襲撃するような連中だから、何をされるかわからないと……――

言葉を切り、佐川がうなだれた。

鹿取は畳みかけた。

――馬は、武陽漢とのパイプ役だったのか――

――それだけじゃない。馬は宝石の鑑別書を偽造した。武陽漢によれば、馬はその道のプロで、パスポートを偽造し、中国人に売っているそうだ――

鹿取は頷いた。

もつれていた人間関係がようやく解けてきた。

すべてを吉田に教えるつもりはない。

鹿取はあたらしい煙草に火をつけてから、吉田に話しかける。

「木島は、佐川の反対を押し切って、盗品をフリマアプリに出品した。それを知った武陽漢は激怒し、出品をやめるか、自分が買い戻すと言ったが、木島が欲をかいたために交渉は決裂……もちろん、佐川の証言で確証はない」

「それで、武陽漢は、木島さんを殺害し、盗品を取り戻そうとした」

吉田が遠慮ぎみに言った。

鹿取が推論を好まないのを知っている。

「気を使うな。佐川の証言もおまえの推論も大差ない」

「ありがとうございます」

言って、吉田がショルダーバッグから煙草を取りだした。

神経が弛んだか。吉田が吐いた紫煙がたわんだ。

ジャケットのポケットの携帯電話がふるえだした。

画面を見る。浅井だ。近くの席に客がいないのを視認した。

「はい、鹿取」

《浅井です。フダが取れました》

家宅捜索令状のことだ。

「罪状は」

《有印公文書偽造および旅券法違反の容疑です》

佐川の証言を受けてのことだ。

浅井は公安事案として令状を申請したと思われる。

文句はない。むしろ、ありがたい。

馬輝東の身柄を確保して訊問すれば、佐川の証言の裏付けが取れる。殺人事案の背景がより明瞭になるだろう。

しかし、佐川にも馬にも犯行時のアリバイがあった。中野署に連行しての取り調べには限界がある。鹿取への暴行、傷害事件として扱ってもおなじことだ。

それに、自分が被害者になるのは煩わしい。

鹿取は、ちらりと吉田を見た。

耳をそばだてているのがわかる。

好奇心をそそられ、想像をふくらませているか。

声を発した。

「どこをやる」

《三箇所です。青山骨董通りの舶来雑貨店、馬輝東が住む恵比寿のマンション。もう一箇所は大久保一丁目のアパートです》

「誰の部屋だ」

《名前は水原翔太《みずはらしようた》、二十六歳。鹿取さんを襲った片割れです》

「調べていたのか」
《承諾を得ずに申し訳ない。公安事案として、襲われた現場近くの防犯カメラの映像を回収し、解析していました》
「馬輝東の身辺捜査でうかんでいた男か」
《いいえ。で、時間がかかりました》
「前科があるのだな」
《はい。二十歳のとき、傷害罪で執行猶予付きの有罪判決を受けています》
「馬輝東との接点は判明したのか」
《まだです。水原は歌舞伎町に屯するチンピラのひとりで、ショーパブの用心棒をしているとの情報もあります》
　鹿取は吹きだしそうになった。
　なんとも頼りない用心棒である。
《鹿取さん。どこへ行きますか》
「逆に、訊く。公安部はどこを攻めたい」
《もちろん、馬輝東の関係箇所です》
「よし。俺は大久保のアパートへむかう」
《自分も同行させてください》

「あたりまえだ。俺にはフダがない。おまえの助手として行く」

笑い声が聞こえた。

《いま、どちらですか》

「新大久保にいる。相棒も一緒だが、問題はないか」

《ないです。では、三十分後、大久保小学校の正門前で》

通話が切れた。

携帯電話を畳む前に、吉田が口をひらく。

「大久保のアパートに誰がいるのですか」

「大事な顔を傷つけた野郎の片割れよ」

「うちの事件とかかわりがあるのですね」

「わからん。あっても、事件を幹とすれば、小枝に過ぎんだろう」

「もう一点、教えてください」

鹿取は腕の時計で時刻を確認した。喫茶店から小学校まで十分あれば着く。

「なんだ」

「公安部と連携するのですか」

「嫌なのか」

「いいえ。わくわくしています」

吉田の目が熱を帯びている。

刑事部と公安部の、長年に亘《わた》る軋轢《あつれき》を知らないのだ。

捜査一課の連中は公安部に煮え湯を飲まされてきた。捜査事案に公安事案が絡んでいると、公安部は自前の情報を秘匿するばかりか、捜査妨害にも似た行動を取ってきた。

公安部にしてみれば、国家と国民を護るという職務上、公安事案が他部署の事案よりも優先されて然《しか》るべきだと思っている。

鹿取は両方を経験したので身に沁みている。

無知でいることがどれほど幸せか。これまで何度もそう思った。

ふかした煙草を消し、吉田を見据えた。

「これから体験することは誰にも口外するな」

「はい」

吉田が声をはずませた。

鹿取は不安になった。

公安部が標的にしているのは宝飾店を襲った強盗犯というだけではない。中国大使館とつながる輩でもある。警察に追い詰められた連中がどういう行動を取るか、読めない不気味さがある。鹿取が相手にするのは日本人のチンピラだが、その男が中国人強盗団のC5とどうかかわっているのかもわからない。

喫茶店を出て、大久保通りを大久保二丁目交差点のほうへむかって歩く。

右折し、路地に入ったところで、吉田に話しかける。

「拳銃《チャカ》は」

「携行しています。使用する可能性があるのですか」

「知るか。何遍も言わせるな。現場では臨機応変。公安事案の関係者を相手にするのだ。先入観を持てば命取りになる」

「………」

吉田が口を結んだ。

前方の路肩にセダンが停まっている。

足を速めて近づき、後部座席のドアを開けた。吉田を乗せ、反対側にまわる。助手席に座り、浅井を見た。

「ひとりか」

「はい。ここは鹿取さんが仕切ってください」

「ほかの二箇所の陣容は」

「青山と恵比寿、それぞれ五名がむかいました。恵比寿は渋谷署に応援を求め、現場周辺を警戒してもらいました」

「馬の在宅を確認済みというわけか」

「ええ。きのう深夜に帰宅し、以降、姿を見せていません」

「やつの身柄はどうする」

「そのことで相談が……鹿取さんは、どうしたいですか」

「そっちにまかせる。傷害罪で引っ張っても、中野署は混乱するだけよ」

「わかりました。とりあえず、渋谷署に預けます」

令状どおり、有印公文書偽造と旅券法違反の容疑で調べるということだ。

鹿取は右手の親指でうしろをさした。

「相棒の吉田だ」

浅井がふりむく。

「挨拶が遅れました。公安総務課の浅井です」

「捜査一課の吉田です。よろしくお願いします」

「こちらこそ。あなたのことは鹿取さんから聞いていますよ」

浅井がやさしいもの言いを続ける。

かえって緊張が増したか。吉田の顔は強張っているように見える。

浅井が上着のポケットから紙を取りだした。

地図だ。赤色で囲んであるのがアパートか。

「二階の奥、二〇四号室です。階段はひとつ。間取りは八畳の1Kにバス、トイレ。ベランダのむこうはコンクリート塀を隔てて民家の庭です」

「ええ。でも、脇の路地からベランダが見えるので、対応できると思います」

「厄介だな」

「野郎は部屋にいるのか」

「不明です。けさまでは監視対象外でした」

「よし。フダをよこせ。俺と吉田で踏み込む」

「では、自分は裏にまわります」

浅井が手を伸ばし、無線機にふれる。

「浅井だ。準備はいいか」

《青山班、オーケーです》

《恵比寿班も準備完了》

立て続けに声がした。

「現在、午後四時二十三分。四時半きっかりに家宅捜索を行なう」

浅井の声音が一変した。

時刻を合わせての一斉捜索は、仲間に連絡できないようにするためである。

うしろで唾をのむ音がした。

「行きましょう」

浅井が運転席のドアを開けた。

浅井の姿が見えなくなってから、アパートの階段をあがった。

通路を奥へ進む。二〇四号室のネームプレートは白紙だった。

ドアの前に立ち、左側を指さした。

吉田が壁にへばりつく。拳銃を持ち、銃口を上にむけた。

鹿取はチャイムを鳴らした。応答がない。ドアをノックした。

「警察の者です。水原さん、開けてください」

おだやかな口調で言い、ドアに耳を近づける。

足音が聞こえた。

「警察が何の用だ」

ドアのむこうから声がした。喧嘩腰のもの言いだった。

いるとわかれば容赦はしない。

「開けろ。家宅捜索令状がある」

「なんだと……俺が何をした」

「うるさい。公務執行妨害で逮捕するぞ」

「ちぇ」

舌が鳴る音のあと、ドアが開く。

鹿取は左足を伸ばした。

「あっ」

水原が目の玉をひんむいた。

「憶えていたのか」

鹿取はにやりとした。

水原があわててドアを閉じようとする。

顔がゆがむ。左足をはさまれた。

「手を放しなさい」

吉田が声を発し、拳銃を構える。

「くそっ」

水原が背を見せた。

ドアを引き開け、あとを追う。

ベランダの網戸を背に、水原が腰をおとした。手にナイフがある。

「来るな。殺すぞ」

鹿取は無言で距離を詰める。

吉田が左に動く。銃口は水原の顔面を捉えている。

「刃物を捨てなさい」

「うるせえ」

叫び、水原がナイフを振りかざす。

鹿取は踏み込み、右足で蹴った。水原がのけぞってかわす。網戸がはずれ、水原がベランダに転がる。立ちあがりざまベランダの手摺《てすり》に片足をかけた。

手を伸ばした。一瞬早く、水原が飛んだ。民家の庭を転がる。

路地にいた浅井が民家のブロック塀に手をかける。

鹿取もベランダの手摺を乗り越えようとした。動きが鈍った。民家との間を仕切る塀まで約五十センチだが、地面まで二メートル以上はある。

水原が起きあがってナイフを握り直し、周囲を見る。勝手口はなさそうだ。

「動くな」

浅井が叫ぶ。上半身が見え、あとすこしでブロック塀を越えられそうだ。

水原が動く。

「あっ」

吉田が声を洩らした。

鹿取は視線をずらした。

庭に面したガラス戸のむこうに子どもがいる。三、四歳の娘か。ガラスに両手をあて、口をまるくしている。

「逃げろ」

声を張りあげた。

少女は動かない。

水原がガラス戸に接近する。

鹿取は拳銃を構えた。

「無茶です」

吉田が叫ぶように言った。

水原と少女が重なって見えるのか。

鹿取のほうからは一メートルほどずれている。が、危険な距離に変わりはない。ベランダから水原まで五、六メートルはある。

水原がガラス戸に手をかけた。

少女が後じさる。

鹿取は引金を絞った。

水原が膝から崩れた。直後、浅井が飛びかかる。

手錠を打つ音が響いた。

大久保にある総合病院に来て二時間が過ぎた。

吉田と二人、三階の病室にいる。浅井に説得され、個室に閉じ込められた。

水原が救急治療室に入ってほどなく、鹿取らは駆けつけた新宿署捜査一係の連中に囲まれた。浅井が発砲に至る経緯を説明し、公安事案として処理すると言っても新宿署の連中は納得せず、鹿取と水原の身柄を預かると言い張った。発砲事件そのものは新宿署の所管内でおきたのだから筋は通っている。が、鹿取と吉田は公安事案として浅井と行動を共にしたので、浅井の言い分に非があるわけではなかった。

押し問答はしばらく続き、浅井は、部下からの連絡を受けて到着した新宿署の刑事課長と差しで話し合うため、病院の会議室を借りたのだった。

「長いですね」

吉田が言った。

落ち着かないようで、個室で動きまわっていた。

「心配するな。どうせ、浅井が押し切る」

「そっちではなく、手術のほうです」

「ケツにあたって死ぬのはよほど運のない野郎だ」

鹿取はこともなげに言った。

あれが致命傷になるのなら撃ったほうも運がなさすぎる。

鹿取が撃った銃弾は水原の右臀部《でんぶ》に命中した。手錠をかけられても水原は抵抗し、意味不明のことを喚《わめ》き散らしていた。

死に至るとすれば、死因は心臓発作くらいしか考えられない。

「鹿取さんは新宿署に拘束されるのでしょうか」

「好きにさせるさ。留置所で寝るのも悪くはない」

何度かそういう経験をした。殺人の嫌疑で一週間泊められたこともある。

「どうしてそんなに心が捻《ねじ》れているのですか」

「世の中に真っすぐなやつがいれば、連れてこい。拝んでやる」

「………」

吉田が目も口もまるくした。

ノックもなくドアが開き、浅井が入ってきた。

「話がつきました」

おだやかな口調に戻っている。

「こちらの訊問が済み次第、水原の身柄は新宿署に渡します」

「訊問できそうか」

「ええ。銃弾の摘出手術は無事におわり、まもなくここに運ばれてきます。執刀した医師によれば、部分麻酔だから訊問は可能ということでした」

「時間に制限はあるか」

「医者はとくに……ですが、新宿署には二時間と伝えました」

「充分だ。五分もあれば口を割らせられる」

浅井がにこりとした。

吉田が眉をひそめ、浅井に話しかける。

「鹿取さんは、どうなるのですか」

「どうにもならない。引き続き、公安部に協力していただく」

「それで、新宿署が納得したのですか」

「納得するも何も、発砲事件はこちらの捜査の過程でおきたこと。公安事案を優先するのが筋で、われわれの捜査に、鹿取さんは欠かせない」

「しかし、あの状況での発砲は……」

浅井が首をふってさえぎった。

「結果論かもしれないが、少女は無傷で、水原に襲われることもなかった。それに、新宿署の本音は、鹿取さんとかかわりたくない」

「えっ」

「君は知らないのか」

浅井が笑みをひろげた。

「鹿取さんの経歴は警察データで調べました」

「警視庁刑事部の九割が鹿取さんを嫌っていることも書いてあったか」

「……………」

吉田があんぐりとした。

「残る一割は鹿取シンパ。公安部には熱烈な鹿取信者もいる。自分は……」

「喋るな」鹿取はさえぎった。「馬輝東はどうなった」

「滞りなく任務を完了しました。押収品は精査中です。馬の自宅マンションを担当した者の報告によれば、偽造品と思われるパスポートや運転免許証等が複数あり、偽造に使う工具も押収しました」

「馬の身柄は」

「渋谷署から麹町署に移送しました。現在、部下が取り調べています」

「あとで、俺も訊問できるか」

「もちろんです」

浅井が即答した。

二名の看護師がストレッチャーを運んできた。

水原はベッドに横臥《おうが》していた。右の腕に点滴の針が刺さっている。

「何かあれば、連絡用のボタンを押してください」

言い置き、看護師らが去った。

鹿取は丸椅子を運び、ベッドのかたわらに腰をおろした。

「運の強い野郎だ」

「うるさい」

水原の声には力がなかった。

「訊問を始める。俺は、誰だ」

「はあ」

「襲った相手の名前も知らないのか」

「名前なんて、どうでもいい。頼まれてやったことだ」

「誰に頼まれた」

「忘れた」

「そうかい」

水原の右臀部に手のひらをあてる。

「ひぃー。やめろ」

ドアが開き、男が顔を覗かせた。

新宿署の刑事か。浅井が対応し、男を退かせる。

鹿取は、手をあてがったまま口をひらく。

「俺を切りつけた男の名前は」

「知らん」首をふる。「ほんとうだ。新大久保の駅前で待ち合わせた。急に頼まれ、サングラスをかけた男の指示に従えと」

「もう一度、訊く。誰に頼まれた」

「武山……俺が守りをする店に出入りしている」

浅井が近づいてきて、両手で四枚の写真をかざした。

「この中にいるか」

「右端の男だ」

武陽漢である。

鹿取は訊問を続けた。

「武山とはどういう仲だ」

「何度かゴチになった。それがなけりゃ、頼みをことわっていた。端《はした》ガネで警察に運ばれるのは割に合わん」

「ちなみに、俺の命は幾らだ」

「五万円……殺せと頼まれたわけじゃない。痛めつけろと」

「………」

馬鹿らしくて、くしゃみがでそうになった。

ポケットのスマートフォンを手にした。水原の部屋で押収したものだ。

「武山の電話番号は」

「教えるから、ケツの手を離せ」

言われたとおりにした。

水原がスマートフォンの画面にふれる。

「これだ。けど、武山のケータイじゃない」

「誰のだ」

「店のダンサー。武山のこれよ」

水原が左手の小指を立てた。

「武山のケータイの番号は」

「知らない。何を用心しているのか、連絡には女のケータイを使っていた」

「女の名前を言え」

「ヨーコ。店ではそう言っている。本名は知らん」

「おまえは、店の誰と連絡を取っている。そいつの電話番号は」

「これ」画面の数字を指さした。「店長の福山《ふくやま》さん……俺を顎で使える人だ」

「やくざか」

「つながりはある」

鹿取はふりむき、浅井に目で合図をした。

水原のスマートフォンを手に、浅井が部屋を出る。

鹿取は視線を戻した。

「武山という野郎は何をしている」

「知るもんか。チャイナは信用できん」

「ほう。武山は中国人か」

「たぶん。店に連れてきた連中とは中国語で話していた。ヨーコも武山は中国人だと思っているみたいだ」

「店にはいつごろから出入りしている」

「一年になるかな。ヨーコとデキたのは去年の秋だったか……それ以降は、店に来る回数が減った。男はそんなもんよ」

「…………」

舌が鳴りそうだ。一々注釈をつけるのがうっとうしい。

「さっきの武山の写真、役に立たないぜ」

言って、水原が目で笑った。

「どういう意味だ」

「俺を釈放してくれるか」

「話せば考える」

水原がにやりとした。

「いまはショートボウズで、顎髭《あごひげ》を生やしている」

「ほかに特徴は」

水原が瞳を端に寄せた。

「武山は警察に追われているのか」

「そんなふうに見えたのか」

「ああ。いつも周囲を気にしていた」

浅井が戻ってきた。

目を合わせると、浅井がちいさく頷いた。

鹿取は腰をあげた。もう水原に用はない。

「こいつは新宿署にくれてやれ」

「おい」水原が目を剝く。「話が違うぜ」

「悪いな。俺は生まれながらのうそつきよ」

吉田をうながし、ドアへむかう。

「くそっ」

ののしる声は背で聞いた。

病院関係者の専用出入口からそとに出た。

セダンが停まっている。運転席には人がいた。

浅井が助手席、鹿取と吉田は後部座席に座った。

運転席の男がふりむく。

「鹿取さん、はじめまして」うれしそうに言う。「公安部の南潤《みなみじゅん》です」

「浅井の部下か」

「公安第一……鹿取さんの古巣です」

車が動きだした。

浅井に声をかける。

「ヨーコの家はわかったか」

「はい。大久保一丁目のマンション。五分もあれば着きます」

「部屋にいればいいが」

「ショーパブの店長によれば、まだ寝ているだろうと……きのうは店を閉めたあと、朝方まで一緒に飲んでいたそうです」

「………」

大丈夫か。思いついた言葉は控えた。

そんな心配は無用だろう。浅井なら店長にきつく口止めしたはずである。

「武陽漢は頭を短くし、顎髭を生やしているそうだ」

「了解です」

浅井が無線機を持った。

指示をするたび、複数の声が返ってくる。マンションの周辺に配置済みか。単なる事情聴取に行くのではない。武がヨーコの部屋に潜んでいる可能性もある。

ポケットの携帯電話がふるえた。上司の山賀だ。まよわず耳にあてる。

《どこにいる》

「はい、鹿取」

「車で移動中」

《新宿署に連行されているのか》

どうやら情報が入ったようだ。部下の身を案じて連絡をよこしたか。あるいは、事件解決が遅れるのを心配してのことか。

山賀は策を弄し、駆け引きも得意だが、根は単純で、頭の中はわかりやすい。

「犯人《ホシ》の関係先にむかっている」

《殺しの犯人か》

「そうよ」
《でかした。そいつの名前を教えろ》
「無茶を言うな。現時点では公安事案として動いている」
《ほう。そういうことか……で、やんちゃ者揃いの新宿署も手を引いたのか》
「あんたからも礼を言うか。代わってやるぞ」
《待て》声がうわずる。《公安は苦手なんだ》
「俺に公安情報をさぐれとぬかしたのはどこのどいつだ」
《言うな。そばにいるのだろう》
山賀の慌てふためく顔がうかんだ。
「公安総務課の管理官。お友だちになれば、役に立つぜ」
《ばかな……》
階級はおなじ警部でも格が違う。山賀はわかっている。警視庁の捜査一課はノンキャリアが憧れる花形部署だが、公安総務課は警察組織の中枢部署である。
《こっちにやれることはあるか》
控え目なもの言いになった。
携帯電話はそのままにし、浅井に声をかけた。
「俺の上司が応援することはあるかと訊いている」

「お気遣いなく。周辺警備は新宿署に頼みました」

鹿取は肩をすぼめた。

ぬかりないことこの上ない。水原の身柄を渡す見返りを求めたのだ。

「犯人を捕獲したら、どうする」

「鹿取さんにまかせます」

「聞こえたか」山賀に言う。「両手を合わせて、祈っていろ」

通話を切った。

浅井が話しかける。

「山賀警部は公安情報をほしがっていたのですか」

「勝手な野郎よ」

「おかげで、公然と連携できます」

浅井が笑顔で言った。

鹿取のとなりで、吉田がかしこまっている。管理官と聞いて萎縮したか。

「もう着きます」南が言う。「つぎの路地を右折すれば、すぐです」

前方の路地に二人の男が立っている。

マンションのまわりと五十メートル四方に警察官を配しているのだろう。

路地の手前で、車が停まった。

浅井に続いて、路上に立った。

男が近づいてきた。表情がとぼしい。公安部の者とわかった。

浅井が声をかける。

「準備はいいか」

「はい。出入りできるのは、エントランスと非常階段です。裏側に民家とアパートがあります。でも、マンションの裏庭の塀を越えなければ侵入できません」

「よし。これから女の部屋を訪ねる。同行者は鹿取警部補と吉田巡査部長……マルタイが逃走した場合に備えて、南は車に待機させる」

「承知しました」

男が離れた。

「行きましょう」

浅井に言われ、歩きだした。

エントランスの操作盤には近づかず、小道具を使って自動ドアを開けた。

公安部の者は、盗聴に盗撮、不許可でのGPS捜査、任務に必要なら何でもやる。ピッキングも朝飯前である。

エレベーターに乗り、三階にあがる。

浅井が三〇二号室のドアの前に立った。

鹿取は拳銃を抜き、壁に身を寄せた。

吉田はエレベーターの前にいる。

浅井がチャイムを鳴らす。

しばしの間が空き、女の声がした。

《はい。だれ》

かすれた声がした。

「警視庁の者です」浅井が答える。「お訊ねしたいことがあって参りました」

《どんな用なの》

「開けていただけませんか」

鹿取はドアに耳をあてた。

静かだ。会話は聞こえない。武陽漢は不在か。頭をよぎった。

音がしてドアが開いた。

浅井がドアノブを握る。

ヨーコがパーマのかかった髪を搔きあげた。寝ていたのか。顔が腫れぼったい。白いタンクトップにショートパンツ。息をするだけでおおきな乳房がゆれた。

「中に入れてください」

「好きにすれば」

ぶっきらぼうに言い、ヨーコが背を見せた。

右の肩甲骨にバラの花。花の赤と、葉の緑があざやかだ。店のステージでスポットライトを浴びれば、妖《あや》しくうごめくのだろう。

ヨーコに続き、リビングに入った。拳銃は収めた。

浅井は浴室とトイレを覗き、クローゼットを調べた。

十二畳ほどか。セミダブルのベッドのほか、二人掛けのソファ、五十インチのテレビ、コンポがある。シンプルな部屋はきれいに片付いていた。

ヨーコがベッドの端に腰をかけ、細い煙草をくわえた。

鹿取は、武陽漢の写真を手にした。まわりくどい訊問はしない。

「この男を知っているか」

「ええ」紫煙を吐いた。「彼がどうかしたの」

「名前は」

「武山……本名かどうか、わからないけど」

ヨーコが面倒そうに言った。

その程度の仲か。胸でつぶやく。

「最後に来たのはいつだ」

「ゴールデンウィークの後半よ。二日泊まって……そうそう、五日と六日だった。月曜の夜、仕事から帰ってきたら、いなかった」

「その後、連絡は」

「きのうの昼に電話があった。しばらく会えないって」

「どうして」

「知らないわよ」投げやりに言う。「泊まりたいときに電話してくる。抱くのに飽きたら消えて……どうでもいいけど……そのほうが楽だし」

「いつもここで会っていたのか」

「一度だけ、彼の部屋に行ったことがある。仕事中にショートメールが届いて。風邪を引いたと言うので食べ物を運んで、そのまま泊まった」

「いつのことだ」

「二月の中ごろ……寒い日だった」

「やつの部屋か」

「そうでしょう。パイプベッドとちいさなテーブルしかない部屋よ。キッチンには小型の冷蔵庫だけ……生活のにおいがしなかった」

「住所は」

「落合の住宅街のマンション。待って……」ヨーコがトートバッグからスマートフォンを取りだし、画面にふれる。「ほら、これよ」

囲みに文字がある。

浅井が顔を近づけた。住所とマンション名を手帳に書く。

それを見届けてから、鹿取はスマートフォンの画面をスクロールした。

ヨーコはショートメールを削除しなかったようだ。三月も四月も短いやりとりをしていた。〈これから行く〉〈食いたいものはあるか〉。ヨーコの証言どおり、武陽漢のほうから連絡し、ヨーコが返信していた。

浅井に渡そうとしたとき、スマートフォンが鳴りだした。

番号がおなじだ。

鹿取はスマートフォンをヨーコに返した。

「でろ。俺たちが来ていることは言うな。やつの話に合わせろ」

頷き、ヨーコがスマートフォンを耳にあてる。

鹿取は顔を寄せた。スピーカーは声がこもるので、気づかれる恐れがある。

「なに」ヨーコが言う。

《夜中に行く》

「お店に来るの」

《そっちだ。仕事は何時におわる》

「三時」

《真っすぐ帰れ。五時までには行く》

「わかった」

言って、ヨーコが耳から離したスマートフォンを見つめた。

ものぐさそうな表情になっている。

「拝借します」

浅井がヨーコのスマートフォンを取り、そそくさと部屋を出た。

入れ替わりに吉田が入ってきて、リビングの端に立った。

鹿取は煙草をくわえ、火をつけた。ふかし、ヨーコに話しかける。

「声の雰囲気はどうだった」

「いつもとおなじ」

「異変に気づいたような感じはなかったのか」

「わからないよ、そんなこと」

あいかわらず、表情が乏しい。

訊問中も武陽漢と電話で話している間も感情が表にあらわれなかった。

流れに身をまかせて生きている。そんな感じがする。

浅井が顔を見せ、手招きした。

吉田に指示して部屋を出た。踊り場で浅井と向き合う。

「手配しました。部下が落合のマンションにむかいました」

「まかせる」

鹿取はさらりと返した。

――……生活のにおいがしなかった――

ヨーコの証言である。

武陽漢は一箇所に留《とど》まらず、転々としているのか。

浅井もおなじ判断か。そんな表情に見える。

「情報が入りました。安書記官があした日本を離れます」

「中国に帰るのか」

「職務かどうかはわかりません。羽田発午前七時二十分、北京行きの便に書記官の名前を確認しました。手続きは二時間ほど前に行なわれています」

公安部の監視対象者のリストは入国管理局も共有している。外国機関の関係者の出入国の情報は外務省や公安部外事課に報告が届くという。

「ひとりか」

「おなじ便に、外交官二名の名前があるそうです」

「実在するのだな」

「ええ。念のため、事実確認を指示しました」

「………」

首が傾く。

――……パスポートを偽造し、中国人に売っているそうだ――

佐川の言葉がうかんだ。

安書記官は、馬輝東の身柄が拘束されたのを知って出国するのか。そう決めつけるのは安直すぎるようにも思う。安建明には外交官特権がある。日本の法に抵触する罪を犯そうとも身柄は拘束されず、証言も拒否できる。馬が安の関与を認めたとしても、警察が動くには政府の判断が必要で、決定がおりるまでかなりの時間を要する。つまり、何ら慌てる必要がないのだ。

「鹿取さん」

声がして、鹿取はそれていた視線を戻した。

「さっきの電話、偶然でしょうか」

「わからん。馬輝東はヨーコの名前を口にしたか」

「その報告はありません」

「水原は病院……新宿署の手の中にある」

「あっ」

浅井が声を発した。駆けだし、ヨーコの部屋に飛び込んだ。

鹿取はゆっくり入った。

浅井が何をひらめいたか、すぐに察した。

リビングで、浅井が床に這《は》いつくばっていた。

吉田が身を固くしてそれを見つめている。

浅井の動きが止まった。左手の人差し指でベッドの下をさした。

頷き、鹿取は吉田に声をかける。

「吉田、ここにいて、彼女と行動を共にしろ」

「はい」

吉田が即答した。

状況が理解できているようだ。

「俺と浅井は武山の部屋へむかう」

言いながら、両手で、そとに出るよう指示した。ヨーコもうながした。

路肩に停まるセダンのそばに立ち、ヨーコに声をかけた。

「盗聴器のことを知っていたか」

「知らなかった」

「捜査に協力してほしい」

ヨーコが首をかしげる。

こまったような表情になったが、拒んでいるふうには見えない。

「部屋に戻って、普段どおりにしてくれ」

「それしか、できない」

ヨーコが頼りなさそうにほほえんだ。

鹿取は頷き、ヨーコの背を押すようにした。

ヨーコがマンションのエントランスに入るや、吉田が声を発した。

「彼女をひとりにしていいのですか」

「ああ」

「急に静かになれば、相手に悟られませんか」

「それでもかまわん」

「どういう意味ですか」吉田がむきになる。「さっぱりわかりません」

「いずれわかる」

言って、浅井を見た。

「おまえはどう思う」

「盗聴器をとおして自分らの話を聞き、ヨーコに電話をかけたのなら、武陽漢か仲間がこの近くにひそんでいると思われます。が、人海戦術《じんかい》をとっても成果は期待できないでしょう。むこうも周辺の捜索は覚悟の上で電話をかけたはずです。この部屋か、羽田空港か……いずれにしても、明け方が勝負になる」

「同感だ」

「すみません」吉田が口をはさむ。「羽田空港って、何ですか」

「犯人《ホシ》に国外逃亡の恐れがある」

「………………」

吉田が目を白黒させた。

浅井が口をひらく。

「自分は桜田門に戻ります」

「吉田を連れて行け」

「鹿取さんは」

「麴町署へ行き、馬輝東を締めあげる」

「偽造パスポートですね」

「ああ。捜査を攪乱《かくらん》するために電話をかけてきたのなら、朝方の飛行機に乗る」

「搭乗予定者のリストを精査します」

「人手は足りるか」

「なんとかします。ここと空港の周辺警備は所轄署に協力を要請します」

「ヨーコの警護とショーパブの監視も頼む」

「はい。鹿取さんはこの車を使ってください」

浅井が助手席のドアを開けた。

乗り込むと、運転席の南がにこりとした。


羽田空港の国際線旅客ターミナルは賑わっていた。ロビーのあちらこちらに群れをつくり、大声で話す人々がいる。大半は中国人のようだ。

午前六時になる。空港に着いて一時間が過ぎた。

きのうは麹町署の取調室で馬輝東と向き合ったあと桜田門に移動し、警視庁で仮眠をとった。吉田も帰宅せずに警視庁で身体を休めたという。浅井は横になる時間もなかったのか、午前四時に集まったときは目が充血していた。

「了解」

浅井が小声で言った。

耳にイヤフォンを挿し、先刻からひっきりなしにおなじ言葉を口にしている。周囲に目を配りながら口をひらいた。

「ロビーと周辺に武陽漢の姿は見えません」

「ヨーコのほうは変わりないか」

「はい。電話もありません」

「ここにあらわれるなら、出国審査が勝負処になる」

「ええ。部下には、髪を短くし、顎髭をつけた合成写真も配りました」

「それもあてにはならん」

　鹿取はぞんざいに言った。

　馬輝東への訊問は徒労におわった。

　馬は、日本人名と中国人名、マレーシア人名など複数の偽造パスポートを武陽漢に渡したと供述したが、ずっと以前のことなので名前は憶えていないと言い張った。規律にきびしい麴町署でなければ、拷問してでも思いださせるところだった。

「北京行きが続いていますね」

　声がして、視線をふった。

　吉田が電光掲示板の出発便案内を見ている。

　七時二十分と八時三十分に、中国国際航空と全日空のコードシェア便が出発する。安書記官と外交官二名は七時二十分発の便を予約している。

　浅井に声をかけた。

「出国審査場は何箇所ある」

「窓口は複数ですが、場としては二箇所です。搭乗者は、セキュリティチェックをおえたあと、おなじ場所で税関検査と出国審査を受けます」

言いおえる前に、浅井が右手の人差し指で耳のイヤフォンにふれた。「了解」声を発してから顔をむける。

「二名の外交官が到着します」

「外交官専用の出入口はあるのか」

「あります。が、今回は使用しないでしょう。警備上の問題があるので、そちらを使用する場合は事前に連絡するようになっています」

ほどなくして、浅井が目配せした。

ロビーの出入口の近くにスーツを着た男二人が立っている。

公安部の者とおぼしき男らの姿も見えた。

「安書記官を待っているのです。まもなく安も到着します」

安建明は公用車を使い、自宅からひとりでむかっているとの報告を受けている。

浅井がイヤフォンにふれる。

「外交官の二人は本物です。確認が取れました」

「油断するな。直前で入れ替わるかもしれん」

「承知です」

「安があらわれたら、尾行は部下にまかせ、出国審査場へ行こう」

「これを」

浅井が小型マイクとイヤフォンを差しだした。

七時二十分発の便の搭乗手続きが始まった。

保安検査場に幾つもの列ができ、中国語が乱れ飛んでいる。

吉田を伴い、鹿取は窓口の多いほうの出国審査場の柱の陰にいる。

搭乗予定者は百五十名を超える。じっと目を凝らしていると、おなじような顔に見えてくる。確かなのは武陽漢の身長が百七十三センチということである。

やがて列が短くなり、安書記官が男二人を伴ってあらわれた。

ジャケットの襟の裏に留めた小型マイクにふれる。

「浅井、安はこっちだ」

《むかいます》

浅井が小走りにやってきて、出国審査を受ける三人を見つめた。

「黙って見送るしかありません」

「それらしい人物はいないのか」

「いまのところは。空港警備室のモニターでも監視して……」

声を切り、浅井が耳に手をあてた。

無線連絡か。鹿取には聞こえない。周波数が異なるようだ。

二言三言交わし、浅井が手を放した。

「ヨーコのマンションに不審な車があらわれました。玄関の前でしばらく停止したあと、急発進をしたそうで、二台の車が追跡中です」

「…………」

鹿取は首をひねった。

安書記官は馬輝東の逮捕と関連箇所の一斉捜索を知った。それは確信できる。外交官特権があるとはいえ、自身に累が及ぶのを警戒して帰国の手続きをとった。その推察も的はずれではないだろう。

浅井によれば、武陽漢も馬輝東も、『黄龍楼』の黄志忠も中国大使館に出入りし、安書記官と接触していた。安が警察の動きを武陽漢に教えた可能性はある。身の危険を感じた武陽漢が出国を企てた。それも無茶な推論ではないと思う。

「どうしますか」

遠ざかる安らの後ろ姿を見ながら、浅井が訊いた。

「つぎの便まで待とう」

鹿取は、自分に言い聞かせるように言った。

──北京行きが続いていますね──

吉田の声が鼓膜に残っている。

浅井が配置の維持と監視の継続を部下に指示した。

《警備室》

声がした。

《短髪にサングラス、顎髭のある男がロビーにあらわれました。ひとりです》

「背格好は」浅井が訊く。

《マルタイに似ています。カーキ色のズボンに白っぽいブルゾン》

「周囲を固めろ。こっちに来るまで手をだすな」

《了解》

浅井と目が合った。

「八時三十分発の便の搭乗手続きは始まっています」

「おまえは元の位置に戻れ」

浅井が駆けだした。

二十分が過ぎた。そのあいだ、イヤフォンから声が流れていた。

《保安検査、終了》

鹿取は、吉田に目配せした。

吉田が右手をうしろにまわす。腰のベルトに拳銃を挿しているのだ。

白いブルゾンを着た男が出国審査を受け、ゲートロビーに出てきた。

鹿取は近づき、立ちふさがる。警察手帳をかざした。

「警視庁の者だ。サングラスをはずせ」

「なにっ」

男が口をゆがめる。

鹿取は手を伸ばした。

男が肩でぶつかってきた。足を踏ん張ったときはもう、男が駆けだしていた。

「待ちなさい」

吉田が拳銃を手にし、男を追う。

「浅井、そっちに逃げた」

《了解》

鹿取は数メートル走って、足を止めた。

出国審査の窓口に二人の男がいる。どちらも黒縁の眼鏡。周囲が騒然とするなか、気にするふうもなく、落ち着き払っているように見える。

浅井がいるほうから女らの悲鳴があがった。

《身柄、確保》浅井の声だ。《マルタイではありません》

「ダミーだ。こっちにこい」

二人の男が近づいてきた。無表情で、うつむいている。

「武山」

声を張った。

男らの足が止まりかける。

鹿取は拳銃を抜いた。

「動くな。手は頭の上」

言いながら距離を詰めた。

ひとりが両手を頭にのせた。

「くそっ」

声を発し、別の男が駆けだした。

鹿取は拳銃を構えた。

撃てない。人が多すぎる。

立ったままの男に手錠をかけた。

「やつは武陽漢だな」

「…………」

男がそっぽをむいた。

同時に、悲鳴があがった。

武陽漢とおぼしき男の身体が宙を飛んだ。

浅井が投げ飛ばしたのだ。

吉田が床を滑る。右手の手錠がきらめいた。

★　★

パイプ椅子に腰をおろし、肩でおおきく息をした。

山賀係長に指名され、捜査報告をおえたところだ。

事件解決の功労者である鹿取が不在とはいえ、自分がその役目をやらされるとは思っていなかった。うまく報告できたか、わからない。不意のことで緊張し、何を喋ったのかもよく憶えていない。

――吉田は功労者だ――

指名するさい山賀がそう言い添えたことで、身体まで固くなった。

おもはゆい気持もある。確かに、吉田は武陽漢に手錠をかけた。が、大久保のアパートに突入してから羽田空港で武の身柄を確保するまでのあいだ、想定外の怒濤《どとう》の展開に心も身体も対応できず、地に足がつかなかった。

鹿取には感謝している。

その鹿取は窮地に立たされている。窃盗事案での大久保の民家での発砲は、その是非を巡ってマスコミが騒ぎ立てている。取り調べのさいの鹿取の行動も蒸し返されている。

警察も擁護する気がないようだ。とくに新宿署は鹿取に牙を剝いているという。所管内でおきた発砲事件にもかかわらず、公安部に捜査を妨げられた。刑事部に所属する鹿取までが新宿署の捜査に協力的でなかったことが要因にある。

先ほどの山賀のひと言は、鹿取の労に報いたもののように思えた。

わたしは鹿取さんの代理だ。

そう思うことで幾分か気持が楽になった。

会議がおわり、強行犯三係の廣川警部補が近づいてきた。

「吉田、よくやった」

笑顔で言った。

「ありがとうございます」

飛び跳ねそうになった。

鹿取の代理であるのを失念したわけではない。嫌われていると思い込んでいた廣川に声をかけられたのがうれしかった。

「今夜、空けておけ。歓迎会をやる」

「誰の、ですか」

「おまえだ」

「……………」

声が詰まった。目頭が熱くなる。

「つぎは、親離れをめざせ」

にやりとし、廣川が吉田の肩に手をかける。

「はい」

素直に声がでた。

親とは鹿取のことだろう。

強行犯三係はそういう連中の集まりなのか。

そんなことが思いうかび、胸がふるえそうになった。

★　★

浅井が入ってきた。

黄土色のパンツに白の半袖ポロシャツ。紺色のジャケットを提げている。ラフな身なりはめずらしい。一段落ついたということか。

室内を見回し、松本に声をかける。

「ずいぶん雰囲気が変わりましたね」

ソファを取り替えるついでに内装を変えた。ブラウンのカーペットにオフホワイトのクロス、ソファはネイビーブルーとライトグレーのストライプ柄になった。

「婚約者の趣味だろう」

言って、鹿取は水割りのグラスを傾けた。

松本が文句を言いたそうな顔をしてカウンターに入った。

浅井がソファに腰をおろした。

「遊ぶ前に報告しておきます」

「聞きたくない」

「そうはいきません。鹿取さんは協力者……功労者です」

鹿取は首をまわした。

おためごかしはやめろ。言うのは控えた。墓穴を掘るはめになりかねない。

浅井が言葉をたした。

「馬輝東の身柄は渋谷署に戻しました。公文書偽造の容疑で本格的な取り調べが始まります。並行し、中野署の捜査本部も事情を訊くようです」

鹿取は頷いた。

上司の山賀によれば、羽田空港で逮捕した二名は犯行を認める供述を始めており、殺人および家宅侵入の罪で起訴したあとは身柄を赤坂署に移し、強盗や建造物不法侵入等の容疑での取り調べを行なう予定だという。

思いついたことが声になる。

「公安は手を引いたのか」

「ええ。役に立ちそうにありません」

「黄龍楼の黄志忠はどうした」

「どうしようもない。武陽漢も馬輝東も、殺人事案や宝飾店強盗事案への黄の関与を強く否定しています。アリバイもあります」

「ふん」

鼻を鳴らし、鹿取は煙草をくわえた。火をつけ、紫煙を吐く。

「武と馬は黄の話をしたがりません。恐れているのだと思います」

「黄は中国の諜報員だとでも言いたいのか」

浅井がこくりと頷く。

「それも、要のひとりかと……情報によれば、近々にも安書記官が戻ってくるそうです。

黄は泳がせておくのが得策と判断しました」

「………」

悪い予感がしてきた。

公安部は殺人事案や宝飾店強盗事案で刑事部に協力する気がないのだ。

このまま安や黄を話題にすればあらぬ方向に話が進みそうな気がする。

松本がグラスとつまみを運んできた。

「いらん。でかける」

煙草を消して腰をあげた。

にわか雨に濡れた路上に立ち、松本に声をかける。

「こんやは飲み明かす。婚約者に連絡しておけ」

「その必要はありません」松本が怒ったように言う。「鹿取さんとの仲をとやかく言うような女とは縁を切ります」

「むりするな。ラストチャンスだぜ」

横にいる浅井が声を立てて笑った。

松本が目くじらを立てる。

「浅井さん。何がおかしいのですか」

「いや、失礼。松本さんが鹿取さんの女房みたいに思えて」

「そうでしょう」

松本がにんまりとした。

さっと風が流れた。

路面にひろがるネオンのこぼれ灯がはしゃぐようにゆれた。

Haruki Bunko
ハルキ文庫

は 3-29

怒濤《どとう》 鹿取警部補《かとりけいぶほ》

著者 浜田文人《はまだふみひと》

2018年10月18日第一刷発行

発行者 角川春樹

発行所 株式会社角川春樹事務所
〒102-0074 東京都千代田区九段南2-1-30 イタリア文化会館

電話 03(3263)5247(編集)
03(3263)5881(営業)

印刷・製本 中央精版印刷株式会社

フォーマット・デザイン 芦澤泰偉
表紙イラストレーション 門坂 流

ISBN978-4-7584-4205-3 C0193 ©2018 Fumihito Hamada Printed in Japan
http://www.kadokawaharuki.co.jp/[営業]
fanmail@kadokawaharuki.co.jp[編集] ご意見・ご感想をお寄せください。